飞扬·青春校园记忆美文精选

雪是凋谢的云朵

省登宇 主编

国际文化出版公司
·北京·

图书在版编目（CIP）数据

雪是凋谢的云朵 /省登宇主编．—北京：国际文化出版
公司，2012.6（2024.5 重印）
（飞扬·青春校园记忆美文精选）
ISBN 978-7-5125-0353-3

I. ①雪…　II. ①省…　III. ①散文集－中国－当代
②短篇小说－小说集－中国－当代　IV. ① I217.1

中国版本图书馆 CIP 数据核字（2012）第 065389 号

飞扬·青春校园记忆美文精选·雪是凋谢的云朵

主　　编	省登宇
责任编辑	赵　辉
统筹监制	葛宏峰　李典泰
策划编辑	何亚娟　周　贺
美术编辑	刘洁羽　王振斌
出版发行	国际文化出版公司
经　　销	国文润华文化传媒（北京）有限责任公司
印　　刷	三河市同力彩印有限公司
开　　本	700毫米×1000毫米　　16开
	11印张　　141千字
版　　次	2012年6月第1版
	2024年5月第2次印刷
书　　号	ISBN 978-7-5125-0353-3
定　　价	39.80元

国际文化出版公司
北京市朝阳区东土城路乙9号　邮编：100013
总编室：（010）64270995　　传真：（010）64270995
销售热线：（010）64271187
传真：（010）84271187-800
E-mail：icpc@95777.sina.net

CONTENTS 目录

第3章　遇见

第4章　黑白电影

目录 CONTENTS

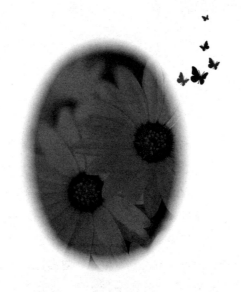

第1章

暖色

到了中午，这些冰霜就会融掉，隔着窗户看天空，就会有一个流泪的太阳

十五日转晴  ◎文 / 李晓丹

一

　　盘古把那个孕育着世界的大鸡蛋撑开后，蛋清漂浮而上变成了整个天空。或许正因如此，讨厌吃鸡蛋的我在不经意抬头仰望天空时才会感到隐隐害怕。

　　最近天气很冷，但总会出太阳。窗户上大片的冰霜被大家用手指写满了名字，或者画个箭头，指向猪和青蛙之类的涂鸦。到了中午，这些冰霜就会融掉，隔着窗户看天空，会呈现一个流泪的太阳。

　　教室里的座位每两星期都会调整一次，我搬着所有东西到了窗户旁边的位置。阳光软绵绵的，洒在身上很舒服，有着强烈的催眠作用。坐在我前面的小夏回过头来有些恶狠狠地说："于明明啊于明明，我就不信你能抵挡住阳光的诱惑。"

　　上次帮我搬这些东西的人是小池，他帮我把它们从四楼搬到一楼，几乎每下一层台阶，他就问我一句："真的要走吗？你再想想不行吗？"

　　我凭着一股倔强或是胡搅蛮缠从艺术班转到文科普通班。在那股倔劲消失后，整个人开始处于低气压状态。

　　学校门口开了一家布丁店，木质的招牌精致并且惹眼，上面印着很时髦但不知是日文还是韩文的字。我想

大概是日文，因为老板是穿着和服的。这些装饰很能吸引女生的注意，生意好到下课时间去都找不到座位。

但我知道这家店是开不了多久的，就像之前租下那家店面的很多家店一样，不到一个月就会倒掉吧，不管开始生意有多么兴隆。有些事就是悲哀得没有道理，就像我这个人一样，感觉像扶不起来的阿斗。

想要"扶"我的人是小夏。她是这个班里的第一名，几个星期前向班主任 ET 保证一定能把我的成绩带上来，好证明她不只是学习能力强，不过到现在我的成绩依然没有起色。

小夏在细细品味着布丁的时候，我正低头猛吃从别家带来的炒饭。小夏皱着眉头说我破坏了她的饮食气氛，问我为什么不吃布丁。我说布丁咬起来有一种蛋挞的错觉。小夏问，那你为什么不吃蛋挞？我说，因为蛋挞中间的部分味道很像蛋清。小夏问，你不吃蛋清吗？我说对，我不吃蛋清。小夏闷头吃了一会儿布丁，突然愤怒地指着我说："于明明，为什么明明最后一句就可以解释清楚的事情，你非要我一句一句追问下去？你知道字数对文科生来说多么重要吗，你已经是入了我们这一行的人了，你要学会解释问题一步到位！"

可是在不久之后，有一次我和小池走到布丁店门口，他说我请你吃布丁。我犹豫了一会儿还是说，我不太喜欢吃布丁。他问为什么，我想起小夏的话，于是很认真地说："因为我不吃蛋清。"他怔了一下，有些发愣地看着我。我假设路旁的一棵树是小夏，然后狠狠瞪了它几眼。

我想起唐桥当时说喜欢我，我问他为什么，他说因为你是学音乐的。分开的时候，他也只是说，因为你是学音乐的。

我只是淡淡地说，哦，原来这样。

有时候答案越简单明白，越显得愚蠢可笑。就像画饼充饥里的最后半个饼一样，过程虽然不被人在乎，但终究不可或缺。

我张了张嘴，刚要向小池解释，看见他温和地笑了说："哦，原来这样。"顿时觉得很想哭。

二

我挑食的本事，可不是盖的。如果每个人都有五件和别人与众不同的标志，那对我来说，挑食算一件。

小夏凶巴巴地说，如果她是我爸，就把我关在屋子里饿上三天，看我出来的时候吃不吃鸡蛋。

我很平静地说，他不是没干过，但是失败了。大约七岁的时候，他真的为了这个原因把我关在房间里，结果第二天的时候我从窗户翻出去，跑到邻居家，邻居家的阿姨炒了一大盘青椒给我。这些事是我爸不知道的，他知道的只有，当我从房间里出来的时候，连青椒也不吃了。不知道是不是这个原因，后来的其他事情，他都再也没有勉强过我。

我爸出差去了北京，把我和我妈一对不会做饭的母女留在家里。我在这几天里疯狂地思念我爸，并且很不孝顺地坦承这十几年从来没有这么想过他。每天都由我妈负责做饭，我负责洗碗和清理烧糊的锅。终于有一天我忍不住向我妈抱怨她烧的菜有一股糊掉的味道时，她却理直气壮地指出明明是我没有把锅刷干净。

小夏打电话来的时候，我正在做数学题，准确的说法是桌子上摆着数学题而我坐在桌子附近。我刚要说出的表示亲热的话语，却在小夏说出第一句话时在嘴边凝固了。

小夏说："于明明，你能不能解释清楚，你为什么像个游魂？"

我不知道是应该笑还是生气，我怎么解释我为什么像个游魂，而且……

我怎么像个游魂了！

"你还是在意唐桥的事儿吗？"

"没有。"

"那是因为最近功课比较难很担心？"

"没有。"

"那你到底在低落什么！"

"我没低落！"

我虽然不能做到和小夏一样有着大浪般波涛汹涌跌宕起伏的情绪，但也不至于低落。我还想问她到底在折腾什么呢。

小夏又开始在电话那头进行她最近对我的观察分析，不想听她的唠叨，我把耳朵贴在门板上听电视的声音。我妈好像在看一周天气预报一类的节目，我听到的全是日期和天气，于是又把注意转到电话上。听见小夏不耐烦地说："你有完没完啊？"我无奈地想这句话应该我说才对。"你自己定个期限吧，什么时候活过来，说吧。"

我刚要反驳，但是理智地意识到如果再不苟同，她还会继续胡搅蛮缠。门外传来主播甜美却没有感情的声音："十五日，中雨……"我想了想说："十五日……十五日晴天的话，我就吃个布丁给你看。"

电话那边小夏有些尴尬地咳嗽了几下："你还真是文艺。"

我那句话的构造类似于我爸喝醉酒之后摇摇晃晃对我说的"如果你考了第一名，我就叫你爸爸"。因为他知道我不可能考第一名。

这句话也可以这样理解，因为他绝对不会叫我爸爸，所以我也不可能考第一名。

两件不可能的事情构成的条件句型就是这么坚不可摧。

三

我不低落，因为我从没打算过放弃，从没……承认过放弃。

我很清楚地知道自己不是那种跌倒后拍拍土重新站起来的人，所以即使停止脚步，我也不会坐下休息。我怕我一旦倒下，就再也站不起来。

我不会放弃。

但是，也只是不放弃而已。

四

"数学作业的特点是做的话用的时间最多，抄的话用的时间最少。而我是个善于节约时间的人。"小夏咬牙切齿地看着我边抄她的作业边得意忘形地解释。

课间我被数学老师叫到了办公室，她要我把昨晚的题目一道一道重新做给她看。我感觉这种情景下自己就像是被皇帝揭穿了逆反阴谋的侍卫，我该做的下一个动作就是腿一软一骨碌跪下。

"不会做是吧，"她叹了口气，看了我一眼，我低着头不敢说话，"我说怎么全错了呢。"

我很没出息地惊喜地说："真的吗，太好了。"数学老师吃惊的表情让我觉得她一定认为我是个傻瓜。

但我宁愿别人以为我是个傻瓜，也不要让人觉得我是个骗子。

然后她开始讲这些题给我听，她讲得很认真，认真得让我有些惭愧。其实我完全听不懂她在讲些什么，只是讲到有些地方，她会加重语气并且稍作停顿，让我感觉自己应该发出恍然大悟的声音。但毕竟是底气不足，只能小声地"嗯，嗯"地答应着。

"你真是没有一点现代青年人的气概和骨感。"数学老师地方口音很重，我听这句话的时候忍不住笑了出来。但之后想想也不是那么好笑的事。

回到教室，看见小夏正踩着我的凳子，在窗户上摆弄什么。

"你把一团卫生纸挂在窗户上干什么？"我突然说话，小夏好像被吓到了，差点摔下来。

"这是晴天娃娃。"小夏不满地回头看了我一眼。

怎么说呢，这样说有些不礼貌，但这真的是我见过的最恶心的晴天娃娃。让我想起小时候练书法，有一次感冒了，擤过鼻涕又拿来沾墨水的纸团。

"你给我拿下来！万一人家以为是我挂上去的怎么办？"我伸手就

要去摘。

"那是便宜你了，多好看，这可是我辛辛苦苦做的！"小夏站在凳子上，张开双手拦住我，像只老母鸡一样摇摇晃晃。

她要是再这么执著，我就马上把她昨天晚上的作业全错了的事说出来。

这时我从小夏的肩膀上看过去，发现那个娃娃身上贴了一张字条，上面写的字看不太清楚，好像是"十五日……十五日转晴"。

有那么一点感动。

看见我把手收回去，小夏满意地从凳子上跳下来，得意洋洋地说："你要好好对待它哦。这个晴天娃娃……"

"卫生纸。"

"晴天娃娃！"

"卫生纸。"

"纸巾！"

五

班主任是教英语的。因为是英语老师，所以他们都叫她 ET。ET 喜欢化浓妆，而且英文发音古怪。其实这两个特点看起来并无联系，不应该放在一个句子里并且使用关联词，但我想说的是，她在发"TO"这个音时，涂得很红的嘴唇就会挤在一起，撅得老高。这种时候，我就会不代表任何意义地捂住嘴巴。

其实比起数学，我英语还不算太差。但是还是和 ET 的关系不好，我想是因为刚转到班里来时就不小心跟她顶嘴的原因。

我刚转到这个班里的第一次英语考试，ET 在班里边讲卷子边走来走去。走到我身边的时候，她正好讲到一道完形填空题。

那道题翻译出来大致是这样的："当我在泛黄的纸页上认出自己儿时幼稚的笔迹时，我感到那么的——"

这道题的答案是"尴尬"，我选的是"悲伤"。

ET低头看了一眼我的试卷，尖着嗓子问："难道你会看着以前的自己写的东西难过吗？"然后转身走了。

"会啊。"我在她背后小声说。

"会难过吗？"她居然听到了，突然回过头瞪着我。

我使劲摇了摇头。

ET总喜欢做一些大工程，但又总是半途而废。这两样加起来就等于浪费。小夏说她在高一的时候突发奇想把教室的桌椅摆得像幼儿园那样围成一个圈，说以后就那样上课。结果是全部的人都看不到黑板，而ET居然把这件事情忘了，就这样不了了之。我逃过了那一劫却不幸赶上了这一拨，说是植树节要到了要我们每人交钱买一棵树，然后在它身上挂个牌子写上志愿什么的。

ET最近讲课时都开着机，几乎每天讲课都会接到电话，然后笑容满面地说，我们的第N批树又送到了。每次我听到"树"这个字从她嘴里说出来的时候，总感觉怪怪的，好像嘴里嚼着植物根茎一样会咯吱咯吱响的东西，让我浑身不舒服。

说起来"TO"和"树"的发音是差不多的。

我每天做的最帅的事情，就是每天沐浴在温暖的阳光中假寐，然后等待小夏一副"抓到了"的表情突然回头看我，一瞬间讪笑着睁开眼睛，让她失望地回过头去。

其实如果不是知道小夏一定会在某个时间回头看我的话，我也许真的就会那样睡着了吧。

六

阳光软软地落在小夏身上，可能是衣服材料的关系，让阳光有一种毛茸茸的感觉，使她看起来像一只温柔的兔子。

我总是长时间地用极其暧昧的眼光盯住小夏的后背看，小夏说她这两天上课总感觉背后发毛，我就笑笑说她心里有鬼。

十四日的天气好得不像话。那些细小的阳光在我眼睛周围不断地跳啊跳，我的眼皮也跟着跳啊跳，跳着跳着就闭上了。想着，我要放弃抵抗了，对不起了小夏。我的脸渐渐贴向桌子，义无反顾地扑向幸福的阳光，"哧啦"一声，窗帘被拉上了。睁开眼睛的时候看到小夏鄙夷的表情。

下午大扫除的时候，小池来找我。我决定趁这个班的班长再次忘记要给我安排清扫工作之前，赶紧跟着小池逃走。

操场上的人不是在扫地就是在搬工具。小池说你看我们这样多不好，然后说你等我一会儿就跑了，回来的时候手里拎了袋垃圾笑容满面。我说你这是干什么，他把垃圾袋的一只提手塞给我，我们俩就这样拎了袋垃圾在校园里来来回回地晃了好几圈。

小池说，于明明你说父母牵着孩子会不会也是这种感觉。

我刚要瞪他，他却像被踩到尾巴一样"啊"地叫了一声，说："我发现一个好东西。"兴奋地松开袋子的另一边，跑进草丛里，弯下腰捡起草丛里用来浇水的橡皮管，"我给你表演一个浪漫的，你看没看过电影里，用这个变出彩虹。"

我记得那个镜头，很漂亮的镜头。电影里的男生举起水管对着阳光喷洒，在他的面前出现的彩虹美得让人想叹息。

"那里有人！"我还没来得及喊出口，小池已经把管子举起来了，窗户那里的人惨叫了一声，猛地把窗帘掀开。

怎么对着人家教室的窗户浇水，更何况还有人。我刚想怪小池，但看见窗户那里的人时，却把话咽掉了。

是唐桥。

总是意气风发的唐桥，总是很自信的唐桥，现在那么狼狈地骑坐在窗框上，大概当时正在擦窗户吧，头发上的水流下来，好看的脸拧成一团，衣服湿哒哒的。

我以为看见这样的唐桥会难过，但是在还没来得及揣摩自己到底

是什么心情之前，我就已经笑了出来

没有故作姿态，没有强忍，我只是单纯地很想笑。

因为真的很好笑。

唐桥好像打算骂人的，看见我以后沉默了一会儿，转过头继续擦玻璃。

本来想着要不要道歉，看见主任往这边来，我们迅速跑开。我问小池："你故意的吧，你是不是早就看见他了。"小池只是笑着看我，只是喘气。

我发现提在手里的那袋垃圾不见了，想起来好像是刚才跑的时候不小心随手丢在那里了。回头看见主任站在那堆垃圾边，指着唐桥气愤地说："同学你怎么能往窗户外面扔垃圾呢？马上出来打扫干净。"唐桥一脸沮丧但什么也没说。

我向附近的同学借了扫帚，跑到刚才的地方，在唐桥惊讶的目光下，把垃圾一点一点扫起来。

就像是一些时间、一些记忆，即使是垃圾也好，自己丢掉的，必须自己收拾干净。

阳光真的是很让人着迷的东西。照在喜欢发脾气的小夏身上，都可以让她看起来温柔很多，照在这些垃圾身上，也折射出很漂亮的光。

我这些话可能很欠揍，但是，也许明天真的会转晴也说不定。

不对，是继续放晴。

我这样想着回到教室，教室已经清扫得差不多了，只有几个人在擦地板，我走到座位发现有些不对劲，然后迅速跑到讲台上一把拉住一副监工做派的班长，着急地问："窗户上挂着的东西呢？"

"什么？"

"窗户上挂的东西呢？白色的……"

"你说那团卫生纸，那是你挂的啊，怎么能挂那里，刚才人家擦玻璃顺手给扔了。"

"那才不是卫生纸，那是……"我想说那是晴天娃娃，我想说那是小夏做给我的，我想说那对我有很重要的意义，我有很多很多想解释的话，可是我什么也说不出来。但也许，那真的什么也不是。指鹿为马是有勇气的人才能做到的事情，比如赵高，比如小夏，我来做的话看起来不是个笑话，就是个傻瓜。

搞不好的话，会是个骗子。

重要的是，连我自己都不相信它。

"还是要下雨啊，明天。"我回家的时候我妈刚关电视，像自言自语似的叹了口气。

七

十五日这天，我带着伞出门。

我撑着伞在撒满阳光的路上走，路上的人纷纷转过头好奇地看我。

我得随时准备着雨水"哗"地浇落下来，就像小夏突然回过头确认我是否真的睡着一样。那样我就可以对着她笑了，对着天空笑，告诉它我带着伞。

小夏说我一整天都带着一副看穿真相的先知表情，看起来很讨人厌。

是的，我已经习惯生活会突然降下一场大雨把我淋得湿透，所以我很容易理解昨天唐桥被莫名其妙浇一头水的感觉。

愤怒，却无能为力。

我能做的只是准备着在发现整个事情是个悲剧的时候，做出一脸睿智的表情，对它说："我早就知道你是骗我的。"

下午逃课回来的时候，路过布丁店门口。突然想起来我对小夏说的十五号晴天的话我就吃布丁的事情，觉得有些好笑。

不知道什么时候老板已经站在我身边，我不好意思地冲她笑笑，她说："常看到你和别人一起来，却从来没看见你买过。不喜欢吃吗？"

我说喜欢。

　　我有些明白为什么人越来越习惯敷衍而不是否定。一是因为不礼貌或是导致误会；二是因为否定了就要解释为什么，而且遇到小夏这样的人的话，她连你的解释都要挑毛病。

　　但老板还是误会了，我从她的表情中看出她已经确认了我是吃不起。然后她说："我请你吃。"

　　布丁又软又黏，贴在嗓子附近，让我很不舒服。

　　我还是不敢用牙齿咬，表情扭曲地试着吸进去。

　　我想起小时候对着鸡蛋的时候，想吃里面的蛋黄，隔着的那一层蛋清明明那么薄那么脆弱，却就是不敢咬破。

　　有时候又觉得自己像是在蛋里，因为惧怕那一层蛋清，明明那么向往外面的世界，却颤抖着迟迟不敢破壳而出。

　　只是那么薄的一层蛋清而已，却让我进不去又出不来。

　　轻轻咬了一下，有些不习惯，也有些害怕。

　　但是，意外的很好吃啊。

　　"好吃吗？"也许是我吃东西的样子很奇怪，老板笑着问我。

　　我点点头，但突然意识到什么似的抬起头："啊，您会说中文？"

　　"我是中国人。"她的表情有些无奈。而我听这句话的时候却莫名地激动，并凭空产生了一种伟大的感觉，类似于听到奥运冠军们说着我是中国人的自豪感，还差点哭出来。

　　我绝对不会吃布丁，所以十五日不会转晴。

　　可是我吃掉布丁了，而且，真的很好吃啊。

　　"这个店，一定能开很久的。"我走的时候很真心地对老板说。

　　"谢谢。"她冲我鞠了一躬。

　　"为什么我们请你吃你都不吃，人家请你你就吃了？"

　　我想了半天然后说："那个，她可是中国人啊。"

　　"我不是中国人吗？"她一巴掌打在我脑袋上。

　　对呵。

　　我想起一件事情，把手伸向小夏："你还有卫生纸吗？"

"你要干什么？"

"做个东西。"

"什么东西？"

"晴天娃娃。"

如果说是要下雨结果是晴天这样的事情也可以算是欺骗的话，那么偶尔被骗一下也不错。

不管欺骗还是什么，十五日真的转晴了啊。

八

"从明天开始我就不抄你的数学作业了。"我在电话里对小夏说。

"那最好。"

"但是，你要帮我补课。"我硬着头皮迅速说完了，准备只要一听到她开始骂我，马上挂电话。

"好啊。"居然答应了。

"英语呢？"

"可以。"今天怎么这么好说话？我隐隐觉得就算我向她要钱她都会给我。

"你是谁？"

"张小夏！"粗声粗气，应该没错了。

我心情大好地跑到客厅里，趁我妈不注意，伸手摸遥控器。

"干什么，我要看天气预报。"我妈发现了，没好气地说。

"看什么天气预报，又不准。"我抱怨着。

如果可以的话，我想成为天气预报那样的人，所有人明知不能相信它，却只能相信它。

"怎么不准了？这两天都还可以。"

"昨天不是说今天下雨吗，哪里下了？"

"没有啊。"

"我还听你说了呢，说今天怎么还是要下雨。"

"哦，"我妈想了一会儿，"什么呀，我那是在看北京的天气，你爸去北京什么也没带，让他拿上伞……"

我愣了一会儿，又很不孝顺地开心地笑了，说："太好了！"看见我妈严肃的脸又及时捂住嘴巴。

"你这孩子怎么这样，你爸那里下雨有什么好高兴的，真是白疼了你。"在我妈的抱怨里我跑回了房间。

其实不看天气预报也没什么的，明天一定是晴天，我知道的。

就像今天一样。

作者简介
FEIYANG

李晓丹，11 月 1 日生，天蝎座。爱好：音乐、偷懒和 KAME。喜怒无常，容易低落又极易得意洋洋。乐颠颠地追逐生活打一巴掌后给的那个很甜的枣。(获第十三届新概念作文大赛一等奖)

一路散落，一路流离 ◎文／张晓

一

那一年我十七岁，被时光烧了一半的青春还张扬地挂在我开始泛青的下巴上。我上高三，习惯抱着大本大本的练习题，沿着墙角快步地走。有时候仰头看到天空看到流岚，我就会莫名其妙地难过起来。清和总是在我因为这一类的事情而一脸严肃的时候笑我，说快快快别文艺了现在不流行这个了。

可是那些难以捉摸的小情绪就像是一丛生长在心底的蔷薇，自从出现之后，就再也没有消失过。而我很窘迫地被它的刺困住了。

我知道我可能再也走不出来了。

而清和总是在我消沉的时候揪我的耳朵：安晨你给我精神点！

二

在我十几年单薄的生命里，几乎每年都会遇到一个人，这个人会在我最孤独无助的时候出现，默默地陪我走过一段旅程，然后匆匆地和我告别，给我留下一段亦真亦幻的梦境。清和是我十七岁遇到的那个人。

　　那一年我厌倦了学校寝室的生活。六人一间的寝室，充斥着各种各样莫名其妙的声音，一天到晚不得安宁。那些懒得不可救药的男生总喜欢把喝剩的绿茶吃不完的方便面倒在我的仙人球上。而我的 Kitty 拖鞋周围总是丢着造型稀奇古怪的袜子。最让人无法与之妥协的是，总有人喜欢在吃泡面的时候，拿出我的几本书垫在那张摇摆不定的桌子下面。这让我下了最后的决心与寝室里的一切决裂。

　　在那个夏天已经到了垂暮之年而秋天却还羽翼未丰的季节里，我骑着单车在学校附近的大街小巷里来回穿梭，我在各种贴在公寓门口的小广告里找寻着蛛丝马迹，因为我需要一间出租房以便彻底摆脱学校寝室里那种令人歇斯底里的生活。

　　最终我如愿以偿。我找到了一幢老旧可是并不破败的双层阁楼，有木质的楼梯，踩在上面会发出咯噔咯噔的响声，可惜的是我只能住在下一层，因为楼上已经住了一个学美术的艺术生。那一天房东把房间里的钥匙给了我，那个表情很匮乏的中年妇女抓着我的手腕，用力捏紧叮嘱我：一定要小心火灾。我暗自庆幸自己没有养成抽烟的习惯，这样我远离了和楼上的那个姑娘死在一起变成一对烤鸭遭好事者无端猜测的危险。

　　我一个人从学校里把自己的生活用品搬到阁楼里，寝室里的同学认为我是一个叛徒，我背叛了他们认为和谐的小集体，所以没有人帮我。我一个人一次又一次地在寝室和阁楼之间往返，有时候大包小包扛在肩上，有时候就只能带一件东西，比如双手捧着我的那株仙人球。

　　当我用大幅度的动作把最后的几本书扔到客厅的地板上并且准备躺下好好休息一下的时候，那位学美术的艺术生急匆匆地从楼上冲了下来。她的平底 Kitty 拖鞋踩在木质的楼梯上格外地响，在我还没有想好该如何跟她打招呼的时候，她已经把眼睛翻到了只剩下眼白，紧接着我听到一声审判似的"哀求"：求求你能不能低调点，我正在准备睡觉。

　　其实我只是忘记了，这间客厅是公用的，并且，这幢阁楼里不是只有我一个人。

　　当时我冲她挥了挥手，说了一声，晚安。因为我还忘记了，当时的时间是九月的第三个星期天的上午八点。

其实那并不是我第一次见到清和。印象中最早的一次，是在一个朋友的生日聚会上。那是在一间光线很暧昧的 KTV 包厢里，我迟到了几分钟，推开门进去的时候，一个长头发的女生正在很深情地唱着《Down by the sally garden》。认识我的朋友在里面的一个角落里冲我挥手：嘿，安晨，坐这里。我急匆匆地向前迈出一脚，结果脚下那根麦克风的线应声而断。原来那个百转千回的女声立刻消失了，只剩下背景音乐，空荡荡地飘在耳畔。我记得当时清和扔掉话筒理了理头发，紧接着很有礼貌地质问我：你丫是不是来踢馆的！

很久之后我摸着清和的额头对她说，丫头你什么时候能学会对人包容一点。可是清和一直拿简祯的话当挡箭牌：人就活这一次，理应该飞扬跋扈。

三

那个时候我对所有的外出都充满了排斥，我一个人从商店里搬回来一台功能很强大的电饭煲，花掉了整整一个月的生活费。可是那台华丽丽的电饭煲能为我做的唯一工作就是夜以继日地煮泡面，从早到晚。当然，有时候是意面或者汤圆。如此过了很长时间，我的房间里除了那两大箱书的油墨味儿就只剩下了方便面的味道。

直到有一天清和突然从楼上跑下来敲开我的门劈头盖脸地问我，同学你是不是对泡面情有独钟啊？我回答说是啊我们从小相依为命。

后来熟络起来之后清和就经常下楼请我帮她吃东西，她总是说我煮了茴香牛肉的水饺可是吃不下那么多了，或者哎呀我蟹黄寿司买多了你快帮我把另一盒吃掉免得馊掉。

于是我喜出望外并且乐此不疲，还要做出一副为难的样子来：你看我冒着长赘肉的危险整天帮你解决这些高热量食物，我活得多辛苦，我对你多好。然后清和就说啊对不起我怎么能让你为我付出那么多呢，下次还是倒掉好了。我立马会做出悲天悯人大义凛然的姿态来说，清和同志你怎么能暴殄天物呢，我们的国家目前还不算富裕，如果有必要的话，还是我奉献出我的胃吧。

四

那一年我周围的人都生活得十分有规律。我前面那个一脸痤疮的女生说她每天晚上都是十二点睡然后第二天早晨五点就起来背英语。我有些暗自得意，因为我的英语在初中的时候就已经足够应付高考了。我一直相信着我在语言类的学科方面多少有点小天赋。

可是那女生很快用她的方式证明了每个人都是有天赋的。月考之后她把她满分的数学试卷铺在桌上，而我却连她三分之一的分数都考不到。我总是自己在纸上偷偷地算着自己的分数，如果我的数学也能考满分，我就能轻松进复旦了。

可是残酷的现实一再地从天而降，那就是高中三年我的数学从来没有及格过。

我知道我跟那位一脸青春印痕的女生有着怎样的差距，她在晚上十二点的时候是要按时睡觉的，哪怕她为了节省时间可能连衣服都不脱。可是午夜是我一天之中最清醒的时候。我总是一个人抱着我的 9 瓦台灯，做那些阴森恐怖的数学题做到阴风四起。有一段时间我甚至感觉我快要被自己无可救药的数学成绩折磨得油尽灯枯了。

就在我一脸悲壮地与数学厮杀的时候，我那位关系不错的编辑朋友开始频频地在午夜里帮我振奋精神。他在我接近崩溃的时候打电话给我：安晨啊，我突然想要做一套今年最畅销的文集，你快点写几篇稿子给我，要快。他还总不忘加上一句：待遇从优哦。虽然我从不相信他这种没谱的三流编辑能做出畅销书来，但我对他从来都是有求必应，因为他从来不会赖我的稿费不发，这在他的行业内很难得。于是我开始了一段艰苦卓绝的生活，望着书桌上那杯不断有白色水汽飘散出来的咖啡和窗外星星点点的灯火，我一再地奋笔疾书直到天亮。

可是低头看看那些张牙舞爪的数学题，我忽然觉得，再这样跟数学耗下去，我赚再多的稿费可能都没机会花了。

五

如果你在我埋着头写手稿的时候站在我的窗外抬头看一眼的话，就会发现二楼的灯同样彻夜不熄。

清和在我熬夜做数学题熬夜给杂志写稿件的时候悠闲得不得了。她的桌上总是放着一杯从牙买加运来的蓝山咖啡，品级不知道比我喝的那种雀巢速溶好多少。她的唱机里总是放着一张帕格尼尼或者米勒的唱片，有时候还会换成我喜欢的久石让。她总是很潇洒地坐在地面上，在万籁俱寂的深夜里，在回荡着的钢琴曲里，支着画夹涂涂抹抹。

我总是对清和抱怨着，上帝是梵高变的吧，不然怎么会这样眷顾你们这些美术生呢。

我们学校的美术生过的是神仙般的日子，他们总是有权利随时以冠冕堂皇的理由逃课。我整节课都盯着那位唾沫横飞的数学老师竭尽全力紧跟他的思路都还是不知所云的时候，总能收到清和发来的短信：我们在北湖写生呢，今天的云好淡。或者，班尼路的衣服今天有折扣。印象中嘴脸最可耻的一条短信是：其实我挺羡慕你们这些正版理科生的，皮肤都捂得那么白。

看到那条短信的那一刻我有种冲动想要扔开我们那位一脸呆滞的数学老师然后冲出去把清和撕掉。清和触碰到我的痛处了。我只是一个注定会被喧嚣遗忘掉的理科生而已。

六

我做数学题做到头晕目眩或者写字写到山穷水尽的时候就在深夜

里打电话给清和，震一下铃，然后就挂断。这时候清和就会"咯噔咯噔咯噔"地从楼上跑下来拉着我去逛街。

这座城市的夜晚很空寂，街上只有很少的行人。我们站在路灯下，抬头就可以看到迷醉的红色夜空。于是我的心底便有些空荡荡的。我总是在这样的时候想起很多零碎的事情来，心情便因此开始变得潮湿，清和总是会摸着我的脸说，好了啦，你应该学着让自己开心起来，小可怜儿。

可是夜晚总是让那些生长在我心底的蔷薇变得格外繁盛。

在没有人的街道上清和便变得大胆起来，她喜欢挽着我，有时候还会把头靠在我的肩上。我总是故作严肃地挣扎着：你毁我清白，我以后找不到女朋友怎么办？清和于是一脸无辜地回答说，我不毁你也找不到啊。我听了格外懊恼，真想马上找一面镜子照照看一看我是不是真的长得里外不是人。

从街上回来之后我跟清和总喜欢到不远处的那家便利店里采购夜宵。看着色彩斑斓的货架我总是情不自禁地把手伸向方便面，清和会突然从我的背后伸手把我的手拍掉：牛肉面泡椒面酸豆角面，安晨，你的房间全是这些东西的味道，你就从来不考虑健康一点的饮食吗？

从便利店里拎着大包小包出来的时候我们总是捎上几串关东煮，我们捧着纸杯，在深夜的路灯下面对面把鱼丸一口一个吃掉。

认识清和之前，我从来没有遇到过一个女孩子对食物有着这样浓厚的兴趣，况且清和对食物的兴趣似乎不止在吃上。她买了厚厚的几本菜谱，用电磁炉和微波炉这样最简单的工具做着千奇百怪的实验。有一阵子她迷上了四喜丸子，就买了很多很多材料，一个人在我的楼上叮叮当当地折腾，同时每天逼我跟她一起分享战利品。后来我实在撑不住了就违心地说清和同学啊，你做四喜丸子的手艺已经登堂入室了，明天我们挑战一下新的极限吧。清和认真地考虑了一下我的建议，点点头说，好，从明天开始，我们改做狮子头。

那一刻我的胃泪流满面。

清和总是看着自己做出来的各种千奇百怪的山寨版名吃，一脸陶醉地念叨：呀，能娶到我的人实在是太幸运了，我多么有成为一个贤妻良母的潜质啊。安晨，你说是不是？我一脸悲愤同时噤若寒蝉，因为我知道在这种形势下，唯有明哲保身才是唯一的出路。

七

年终我们学校里进行了一场声势浩大的期末考试，我前面的女生拿到了年级前三十名。那一天她的笑容格外灿烂，满脸的痤疮在她的笑声中瑟瑟发抖。因为我们学校的前三十名，再往前迈上一小步就可以进北大清华复旦南开了。

可是我的成绩依旧在一百名以外徘徊，我想向前迈上一步，可是我无可救药的数学成绩总是毫不留情地一把把我拉下来。

跟我不相上下的还有楼上活蹦乱跳的清和，我愤怒地痛斥着这世界的不公：你这样一个几乎忘记了班主任性别以逃课为己任的人，怎么可以跟我考到一样的分数。

清和盯着我的成绩单，悠悠地答道：因为你是数学白痴。

于是我决定要跟我的数学彻底决裂了。

可是清和说，你看起来挺聪慧的，也许还有救。然后我立刻作出一副楚楚可怜而又虔诚无比的样子来说求大师给我指条明路吧。

清和从楼上把她大本大本的数学笔记搬了下来，说，从今天开始你要把这些笔记当做圣经膜拜。她拉了把椅子坐在我身边，说，从现在开始，我帮你补课。

那一刻我感觉到原来这个世界还没有完全抛弃我。

那一段睡眠不足的日子里我开始赖床，每天一直睡到上课前五分钟才从床上弹起来奔向学校。清和会买好早点，在课间跑来塞给我。有一次我感激涕零地对她说，你对我这么好，我要怎么报答你啊。清和潇洒地摆摆手：谁让我买了总吃不下。那一刻我绝望地认为这个世界上永远都不会有人真的关心我了。

那次考试过后清和逃课的次数开始减少，当我发现她开始按时去上课的时候，我的心脏被惊得咔嚓作响。我想或许连清和自己都已经记不清她有多长时间没在学校里出现过了。

八

清和的出现让一直比坟地还要平静的高三年级有了一些异样的骚动。我也是在那个时候才意识到原来清和也是一个有能力招蜂引蝶的准美女。开始有各种各样被寂寞和泛滥的荷尔蒙磨穿了心智的男生拼命尝试着以各种方式与重现江湖的清和接触。我不知道，在这马拉松式艰苦卓绝的高中生活马上就要结束的时候，是什么给了他们这样的勇气去追求廉价而又不长久的年少爱情。清和的态度总是很坚决，我拿那些被莫名其妙塞进清和拎包里的字条逗她的时候，她总是一脸懊恼地咒骂着：那群男生，简直就是一堆废铁。

有时候会有陌生的号码打电话过来，清和就握着手机从楼上"咯噔咯噔"跑下来，塞给我说：快快快，你来接。如此三五次，大多数"废铁"开始放弃了。

有时候清和去我们班给我送早点的时候，会有认识她的男生旁敲侧击地问她，你为什么每天都跑到别的班来啊？清和大义凛然：因为我怀了安晨的孩子。一时间我声名狼藉，清和却怡然自得。

可是后来这个莫须有的"孩子"没有起任何作用，更强大的追求者出现了。刚刚过完年的时候清和收到一条短信，有人约她出去喝咖啡。本来这种短信我和清和都已经见怪不怪了，可是发信人的名字让我们瞠目结舌。他是我隔壁班的左旭。

如同我们所有人都知道的，每个学校里都会有这样的一类人，他们人数稀少，却时刻吸引着无数人的注意力。左旭每天来学校都有私家车相送，一辆黑色的凯迪拉克；他的篮球玩得出神入化，不像我只会没事打打羽毛球；他一米八七的身高比我高出半个头；最重要的是，他的成绩排在全年级的前十名，并且不像常见的纨绔子弟一样傲慢自大，坦白地说，他的彬彬有礼让带着一身痞子习性的我有些自卑。清和最终在一个星期天的下午去赴约了，前一分钟我还在怂恿她去大吃大喝一顿，后一分钟我就开始感到后悔和失落了。我意识到，清和可能真的会一去不复返了，以后我又要一个人吃泡面，晚上我难过的时候再也不会有人陪我去街上荡了，也再也不会有人每天熬到凌晨给死不开窍的我讲那些千奇百怪的数学题了。

我一个人越想越难过，傍晚的时候我自己煮了一大锅泡面，一直吃到爬不动为止。我把自己蒙进被子里，沉沉地睡着了。潮水般袭来的梦境里，清和的笑容变得越来越模糊，最后一瞬间湮没在了弥漫起来的黑色里。

清和敲门的时候我依旧沉浸在一场又一场的梦境里，梦中清和的影子近了远远了近，我难过得不得了，像再也找不到多啦A梦的大雄一样。我一个人穿越梦境，走过一棵又一棵的法桐，我在梦中悲伤地问自己，我应该祝福她吗？

后来我感觉自己的脊背越来越凉，然后我听到清和那一声凄厉的惨叫：安晨，你竟然裸睡！

我睡眼惺忪地看了一眼站在我床前的清和，这个大胆的姑娘，竟然闯进我的房间掀了我的被子。那一瞬间我的脸像燃烧了一般滚烫，心里的台词是：让我死让我死。

清和说她把左旭气走了，因为饭后她坚持自己付钱。清和做出一副充满斗志的表情来：让这些被大男子主义浸淫的废铁都去生锈吧，老娘要做女强人。她低头看了一眼羞愧难当全身瑟缩的我，傲然道：你，快点去把衣服穿好，老娘从现在开始要花大气力培养你，你的数学，不仅要及格，而且一定要优秀。

那一刻我开始有预感我以后的生活可能都要受这个歇斯底里的女人掌控了。

九

时光像一场燃不尽的盛大烟火，一路席卷而来。一转眼到了三月，校园里的樱花，一夜间便已经开成了一片海洋。

美术生的专业考试马上就要开始了。清和要去美术学院考试，她第一次做出小鸟依人的姿态来，央求说，安晨，你陪我去吧。

于是在周围的所有人都在喊着口号冲刺的时候，我逃课陪一个美术生去了千里之外的北京。住旅馆的时候，清和很豪爽地对前台的接待小姐说，单床房一间。我按住她：这要传出去，我的名声可就全完了。清和理了一把她的长刘海，不以为然地道出事实：你跟着老娘混，早就没有什么名声可言了，这江湖上，有我们的地方就有绯闻和传说。

清和在考试之余拖着我在庞大的北京城里四下穿梭，从王府井一直走到西单，然后又绕回到前门。我第一次发现，清和身上竟然还有这么女孩子气的特质：她喜欢逛街。

十

从北京回来之后便是接踵而至的模拟考，整座学校都被一种令人窒息的气息笼罩着。数学试卷发下来的时候，我一脸振奋地发现，我已经可以考到前面女生一半的分数了。

清和看起来比我还要兴奋，她眼里反射着灼灼的光，一脸笃定地说，看来你果然是潜力股，我要把你培养成一个金融精英，我要把你培养成一个作家，我要做你的经纪人，我要看着你从安小晨长成安大晨，我要把你作为我最伟大的一笔投资，我要和你不离不弃。

一连串"我要"之后，清和进入主题：四月份要到了哦，老娘的生日礼物，要早作准备。

清和的生日降临的那个四月，我跑遍了全城的音像店终于买到了两张 Destiny's Child 的 CD。正是樱花胜雪的时节，清和踩在殁落的樱花上，感动得泪光涟涟：安晨，你懂我……

十一

时光擦着我们的面颊匆促地滑过，迅疾而不可一世。那个兵荒马乱的六月一转眼就轰轰烈烈地来到了眼前。高考前的最后一个月，清和要回到她妈妈所在的城市去考试，我们终于要分别了。我们在一起，做了九个多月的朋友，终于要分开了。

临别前我们一起去 KTV，在光影斑驳的包厢里，清和只唱了一首歌，Destiny's Child 的《Brown Eyes》。那一天清和的嗓音格外低沉，像大提琴。清和说《Brown Eyes》也有中文版的，可是我从来没有听说过。

我的生日是六月六日，高考这场旷世灾难的前一天。清和说她从来没有想到过我的十八岁生日她竟然不能和我在一起。于是她临走之前买了一件 Reebok 的白色风衣送给我，很大的尺码，可是我竟然穿不下。跟清和在一起的一年里，我竟然悄悄胖出了那么多。

十二

后来高考结束了，我站在我的十八岁，孤独地望着那些散落满地的旧时光，一天一个遗憾。我在记忆里看到十七岁的自己，他回头对我笑的时候，我知道自己把他弄丢了。清和最终去了她一直梦想着的美术学院，而我却流落到了一所长江南岸的学校里。所有幻想中的风景都如同一段幻灭在天空中的掌纹，随着风的方向流亡殆尽。我们注定要长久地分别了。时光将我们散落的青春划得支离破碎，我难过地想，难道这个夏天要演完我们所有的故事吗？我想起了很久很久以前看过的一句话：如果有天人很多很多了，你看不见我了，我依然会始终站在你能感觉到的地方，可我都不知道你还能不能看见我对你微笑。

我不知道，这样动情的等待，是否只是妄言。

十三

你曾经是我孤单的时候，这个世界上离我最近的那个人，因此我把你的轮廓刻在了我的心底，如影随形。

我们就这样轻易地忘记，我们记忆里的那座城市，我们的 Neverland。天南地北，一分开，就是那么远那么远，想起的时候，念一声你的名字我就心疼。

十四

那个漫长而又空旷的暑假里，我重新回到学校所在的那条街道上。那家卖寿司的小店还在，我走过去买了一份蟹黄寿司，老板娘絮絮叨叨地跟我聊天：我的寿司啊，一直有很多人爱吃，以前住在那边木楼上的一个姑娘，每次都说自己吃不了，每次又都买很多很多……

我掏出手机来打电话给清和，听着她说"喂喂，安晨是你吗"，却突然不知道应该跟她说些什么了。我想告诉她高考时满分 150 分的数学我得了 91 分，终于及格了；我想告诉她我们分开之后我瘦了好多，那件风衣我已经能穿下了；我还想告诉她，我找到了《Brown Eyes》的中文版，你说的话，我都懂。

可是那么多要说的话却都像被冻在了唇齿之间，只留下了苍白的沉默。

清和在电话的另一端抱怨着：安晨你这个没良心的，现在才想起来打电话给我，老娘为了帮你抄笔记硬着头皮上了三个月的数学课，你对得起我吗……

清和后面的话我没有听清，因为有泪水涌了出来，一瞬间划破了我苍白的眼睑。我想起了春天的时候，有一次下起了雨，房间里光线很暗，清和向我不停地絮叨着：安晨明年你陪我去北海吧，我们一起去银滩去涠洲岛。窗外夹杂着浓重的潮湿气息的风穿堂而过，一瞬间，恍若面对大海。清和说她要在二十岁之前走完五十六座城市，因为三毛说过，走了五十五座城市，第五十六座才是故乡。

我想起了在北京的时候，清和跟我睡在一张旅馆的大床上，我逗她：你不怕我乱来啊？清和眨眨眼睛说，你要是乱来老娘可就要折磨你一辈子了，谅你也不敢。

我想起了有一次在深夜的街道上，清和跟不上我的步伐，她鼓着腮对我喊：安晨，我不许你一个人走。

我想起了这一年里，那些已经不再清晰的悲欢往事。一路走来，所有明明暗暗的年华，所有明明暗暗的光阴，都已经散落在了我们的十七岁里，从此流离失所。

十五

后来我在大学里有了女朋友，有一次她帮我收拾杂物的时候，在一个旧的钱夹里，找到了一张已经有些泛黄的照片。照片中清和的笑靥如同那年四月里绚烂到极致的樱花。我不知道，过了这么久之后，她是否与我一样，在漆黑的瞳仁后面，埋藏着哀尽的伤痕。

我的女朋友推推我，有些嗔怒地问道：哎，这是你以前的女朋友吧？

我摇摇头，黑色的潮水在我的心底一点一点蔓延开来。

不，我们只是曾经在一起过。

作者简介
FEIYANG

张晓，1990年6月出生于山东济宁，双子座男生。八岁第一次发表作品。（获第十届新概念作文大赛二等奖，第十一届新概念作文大赛二等奖，第十二届新概念作文大赛二等奖，第十三届新概念作文大赛一等奖）

暖色  ◎文/邵成潇

一

　　周日下午阿蝉又来到了牙医诊所，最近她是这里的常客。

　　怎么会搞成这样，阿蝉眼睛直直地盯着白大褂浑浊的眼睛，看他滑稽地推了一下镜框，慢吞吞地说，怎么会搞成这样，牙齿已经太糟糕了。说毕不忘把眼睛挤到阿蝉张得大大的嘴旁边，怪里怪气地哼唧了一声，仿佛看到了什么可怕的东西。之后又露出严肃的表情，从盒子里拿出一些闪着同样严肃光芒的工具。

　　"小丫头，糖吃太多了吧。"白大褂含糊不清地问道。

　　阿蝉不好意思地抿嘴笑了笑。

　　"牙齿会蛀是因为太甜了。"

二

　　星期四下午只有两节课，放学要去买糖果和汽水，然后去画室。飞快地登上脚踏车以后，阿蝉利索的短头发也跟着风扬了起来。拖鞋的尺码可能有点大，穿起来不合脚，于是索性脱下来扔进车筐里。阿蝉赤着的脚板在空气里轻盈地打着圈，漾起像任何一个夏天一样欢愉

的朝气。假如路过拥挤的小街还可以顺便瞥两眼路边摊上好看的发卡，阿蝉最近是有这样的心情的，但是她从来不会买，只是推着脚踏车把头稍微凑过去看看也是好的，阿蝉这么觉得。

每个星期四下午来到画室是阿蝉的习惯，虽然并不是来这里画画的，阿蝉只看，看画，看人。虽然阿蝉也不知道那个她一直看着的总是站在墙角用刷子涂抹画布的男生叫什么名字。

那么就叫你阿田好了。私下给陌生人起了名字，却也不忘满意沾沾自喜。

所知道的一切就是阿田只站在最后一排，面前有放画板的架子。阿田只画水粉，不画素描，并且喜欢用暖色系，尽管，尽管阿田你是个不喜欢说很多话的乖小孩。

所需要做的一切，也只是从车筐里拿出一小瓶可乐，敏捷地跃到画室门口破旧的铁栏杆上坐着，用力掰开可乐瓶上的金属环，洋洋得意地戴在手指上充戒指。等喝完这一小瓶汽水，有时打个小小的嗝，就再骑着脚踏车回去。

阿蝉喜欢每个星期四傍晚骑着脚踏车，格子 T 恤灌满风膨胀起来的时刻，此刻短发、脚踏车和阿蝉都是张狂而大胆地，如此放肆而自由地，穿过一个个夏天的黄昏。

"喂，暖色系，让我叫你阿田吧。"

三

阿蝉，拜托了，拜托你去擦一下最上面的窗户，我不方便啦。一同值日的周蜜用一副哀求的可怜表情看着阿蝉，并且企图把一小团抹布塞进阿蝉手里。

你故意的吧，值日穿短裙，是故意想走光一下吸引谁吧，阿蝉接过抹布，狡黠地笑了一下，可惜哦，人家都没有在看。话音刚落，又敏捷地闪过对方泼过来的水，在一声无比娇嗔的责怪以后，阿蝉爬上窗台。

最终的结果一定是周蜜以各种荒谬的理由逃走，只剩阿蝉一个负责收拾。

但是这样的时刻也是好的，至少能享受片刻的安静，比如坐在窗台上剥下一颗糖果塞进嘴里，看阳光渐渐从黑板上粉笔书写的字句上滑落，然后小心地收起最后一点点有温度的光。

一直就这么坐着，听教室挂钟秒针有节奏的声音，有时候能跟着这样的节奏随便哼上一两句。然后等到夏天独有的困倦涌上来，才慵懒地整理好衬衫领子和衣襟，背起书包锁上空旷教室的门。

门缝里透过的光越来越少，最后只剩一声清脆的响。

出了校门是阿蝉等车回家的站台，如果独自等车的时候无事可做，阿蝉就从口袋里掏出一把糖纸，耐心而又专注地把它们抚平，对面街道上店铺招牌的霓虹灯闪亮，一点点花花绿绿的光也能被那一叠小小的塑料纸张反射成好看图案。有更令人舒适的时候，是偶尔吹过来一阵并不凉爽但是不燥热的风，能使人联想到一些看过的电影情节或者旧旧的书的名字。如果没人看见的话，手指可以在空中比划着，装作捏了一支画笔的样子，或许还需要斟酌般的捏捏下巴，想好在这张并不存在的画纸上画些什么。

"也许，真的能够画些什么，送给阿田呢。"阿蝉想着，感到满足的微微一笑。

等了大约十分钟，足以弄平了这些纷乱的糖纸的时候，车来了。一个轻巧的箭步跨上了车，刚把糖纸工整地装在原本空空的皮夹里，瞥见坐在前排的背影，和一旁用来写生的画板。紧张，更是惊讶的心脏一跳。

若无其事地装好了皮夹，走到了最后一排，轻轻坐下，再抬头一看，背影已经消失了。

仿佛从空气中遁形的，即将要伸手抓住的蝴蝶。刚刚伸出的手立刻停在空中，心里失望的小气泡慢慢地浮上水面，升腾到与空气接触的时候就迅速炸开，变成无数飞溅的水珠。

随之变成一秒短短的失望。

"如果我有一百张像这些霓虹般闪亮糖纸，我就走近你一步。你说好不好？"

四

夏天比蝉鸣长，河流比夏天长。然而最长也不过缠绕在手指尖细密的绵软的温暖。

阿蝉轻易地放弃了单车，开始对一段短短的公交车旅程沉迷。不贪心的时候，只要坐在颠簸车厢的后面远远地看，倘若还想更接近，就伸出食指，想象指尖有一些颜色，远远地隔着空气，在前排的背影上恣意涂抹。白衬衫是画板，就画一片海洋。一小片蓝色的海洋也让人着迷。很心满意足之后就眯起来眼睛。

轻轻闭上眼睛之后，感觉到明暗光线有节奏地交替变化，是穿过一排整齐的绿色的树所带来的静谧的惊喜。

其实在不久以前，阿蝉并不吃糖，对甜食具有的与生俱来的抵抗，在一个下午瓦解了。

那个下午放学后，阿蝉去了画室，原本只想打发时间去报名美术课，但是却在阿田惯用的暖色涌进视线的时候，阿蝉忘了许多东西。诸如夏天滚滚而来的燥热，诸如永远不能安静的拥挤的人群。那个时候短发的阿蝉看不见这些，或者说，像眼睛突然的失明，上下缓缓触碰的睫毛间再也剪辑不下其他的东西，世界在慢镜头里缓慢蒸发。但是取代视线的不是大片的黑，而是一些明亮的安静的光。接着是一双好看的手，握着画笔和颜料盘。再接下来是专注而细致的眼神，像河流一样温柔。

剥开一张糖纸，在这个异常安静的下午，阿蝉鼻子一酸，吃下了一颗静静沉睡的透明水果糖。

"暖色是糖果的颜色。我为这些颜色而失明了。"

五

一直学美术，在所在的高中给表演社团画布景。最近刚刚完成的布景是巨大的圆顶教堂和随悠远钟鸣飞起来的白鸽。

每天坐下午四点的第二班公交车。从来不背书包，只有画板和方正的工具盒。

不打篮球，不吸烟，不听重金属音乐。

喜欢去学校后面的一片空地写生，或者寻找灵感，或者睡觉。

阿蝉所知道的就这些了。这些细小却毛茸茸的琐碎，像阿蝉一路走来，踮起脚尖在松软沙土上所留下来的印记，伴随着跳跃的脚步而延长，从一个未苏醒的夏至，一直伸展到遥远的海洋。沙土沾了海水会变得湿润，一如略微膨胀的心情。

于是阿蝉有时候，或者说偶尔在阿田写生的时候，踩着脚踏车去同一片空旷的地。不走近也不远望，只是猜一猜阿田的画板上有些什么。

阿田应该是喜欢长长的河流的吧，安静却也有波澜。

或者是喜欢雨天时候，摆在房檐下面的一小盆还没开的茉莉花，淋雨的时候不情愿地抖动枝叶。

如此小心地揣度，只是这样而已。

但是这样就够了，就足够承载一些如日光般映在透明的水中，随空气微微晃动的心事。

让我画一小片蓝色的海洋。阳光从海面渗入水中，柔软地洒在缓缓游动的海豚的背上。你就安静地站在海水里，抬起的手指向海豚的鳍。

六

终于挨到了星期六，学校却因为一场临时的数学测验占据了半天时间。阿蝉从考场出来就潇洒地撕掉了卷子，把碎片扔进了脚踏车前的车筐。准备拿钥匙开车锁时，从口袋里摸到了那天周蜜以回馈阿蝉的值日为名义，赠送的电影票。小小的皱巴巴一张红色票，没顾得上看具体的时间，只注意到是温馨的小电影。

当阿蝉好不容易在漆黑中摸索到座位，安稳地坐下来时，才懊悔地发现电影已经接近尾声。画面里男主角踏上远洋的轮船，在汽笛声中向即将告别的女主角挥手。阿蝉觉得这个时候端着一杯可乐走进电影院实际上是非常愚蠢的。正当自己一面后悔没让周蜜买晚一场的电影时，意外地发现片尾曲非常好听。虽然歌词不太能听清楚，但是像安静说话一样的曲子紧紧地抓住阿蝉耳朵的神经。她回忆起一些放学后独自一人坐在窗台上和钟表指针一起随意哼的曲调，这感觉像弯下身去，拾起一片吹落的樱花花瓣。

男主角终于告别了，远航的船流向落日的红晕。全场灯亮起，所有人站起来缓缓往外走。阿蝉端着没动的可乐，恋恋不舍地回头看屏幕上的英文歌词。忽然后面有人踩了阿蝉一脚，一个不稳，一杯可乐全洒在阿蝉身上。阿蝉愤怒地回头看，正好对上后面男生尴尬的眼神。

"对不起，你没事吧。让我帮你擦擦吧！"一个温柔的女声说。

是站在男生后面，背着熟悉画板的女生。

"阿海帮我把纸巾拿出来。"说完女生从男生细长的手指间接过纸巾，走到阿蝉面前。

女生的手指一样好看，还有一圈套住手指的银白色戒指，不是从汽水罐上拔下来的那种。

慌乱时候的表情很好看也很优雅，像极了你的那些画。

"我帮你？"

"不用了。"

阿蝉低着头转过身，憋住一口气拼命挤出人群。

穿过长长的黑暗，终于见到出口的光亮时，忍不住留下了眼泪。

我真狼狈，真的狼狈极了。衣服湿透了，在人群里挤丢了一只鞋子，人群蜂拥过来，封住了我的呼吸。

这时候的我一定很丢脸。

所以更不敢抬头看你一眼，因为我知道我一定会哭，这是件丢脸的事，不能让阿田你看到。

哦对了，忘记了。

阿海，原来你的名字叫阿海。

那么阿田又是谁呢？

我明明已经失明了，为什么看见你穿透长长黑暗的闪着光亮的眼睛？

你曾经在她手心，画下了一朵玫瑰吗？

阿田。

七

你从未遇见过我。

不管是狼狈的我，喜悦的我，想走近你的我。

还是默不做声的我，学你的样子握笔，在空气中写下你名字的我。你都不曾遇见。

你骄傲，狂妄，恣意，挥霍，顽劣。

你随意挥动海水，就冲刷掉我用力铭刻在沙滩上的你的名字，和一整个夏天我走过沙滩所留下的脚印。

你看不到我曾用你的暖色，在你随风扬起的白色衬衫上画了海洋，画了夏至，画了一片无风森林和开满向日葵的田野。

你轻易地种下蛊的种子，一步一步，一寸一寸蛊蚀了我的心脏和梦境。

你只遇见你的玫瑰。

我清晰地保存你的暖色、你的河流和背影。

我轻易地相信了你编造的谎言。

我自信满满，骄傲自大地以为学着你的样子就能在风里跳跃和飞翔，就能拥有自由。

我甚至在你的背影里画了红色的海洋、橙色的夏至、蓝色的森林和绿色的向日葵田。

你把心脏变成衰弱的残阳，把梦境蛀成了靡软的音调。我竟也无法反抗。

我太懦弱了。

对不起。

我失明了。

我看见雾气凝结成辽阔的世界，水珠汇成翻涌的江河，心脏化成晶莹的琥珀。

当初消失在视线里的光与影逐渐扩散开来。

唯独不见你。

八

除了一场长长的梅雨，这个夏天什么也没发生。

它平淡到只剩蝉鸣，只剩一个短短的亲吻。

作者简介
FEIYANG

邵成潇，笔名阿鲸。狮子座，很不巧又是90后。小女生一枚，174cm的身高羡煞许多人，体重嘛，保密。热爱夏天和甜美的西瓜君。迷恋陈柏霖的一切。伪文艺，真性情。（获第十二届新概念作文大赛一等奖，第十三届新概念作文大赛一等奖）

我叫小宝，你听见了吗？ ◎文／侯文晓

　　每天上学放学的路上，小宝都会路过一个路口。路口很小也很静，街道上那一队梧桐树到路口这儿就停下了脚步。一棵槐树长在了梧桐树列的最末端，突兀的树根把路都顶起了一块。每天小宝走到这里，一定要踩着凸起的树根走过去，然后对着槐树的身后喊："我叫小宝，陈小宝——"然后他又不放心地加上一句话，"你听见了吗？我叫小宝！"例行过这一"公事"后，小宝像是怕被人发现一样，吸吸鼻涕向着学校跑去。书包在他的背后一打一打的，铅笔盒和笔敲打的叮当声落在清晨的小路上，渐渐远了。有时候小宝也说不清，自己为什么喊这几句话。

　　如果让每个认识小宝的人说一下自己对小宝的印象，那么所用的形容词就真的是极为有限了。几乎所有的人都会在一声轻轻的"哦"之后有些语塞，怎么说小宝好呢？小宝，就是那种扎到人堆里根本不会有人认出来的孩子，一个很容易就被忽略掉的孩子，一个吸着鼻涕背着脏兮兮的书包每天准时上学的孩子。

　　而小宝的邻居总是会多加一句感叹："这孩子，不容易哪，父母都在外地打工。"

　　其实最初在低年级，小宝觉得自己虽然没有什么出众的地方，但至少是个很听话的学生。因为这点，每当年终老师要表扬同学时，小宝总是把背挺得直直的，两

只眼睛急切地向黑板上看，好像要从黑板上看出一个大大的"好"字来一样。

可是每次等到最后了，还是等不到"陈小宝"这三个字。小宝急得脸上都出汗了，紧紧地盯着老师的嘴唇，念出那三个字吧，求求你了！

好学生的名字念过去了，调皮的学生的名字念过去了，进步榜样的名字念过去了，需要努力的学生的名字也念过去了……长长的名单终于念完了，老师从名单里抬起了头。小宝再也没法坐得像一开始那样直直的了。为什么没有自己的名字呢？

小宝心里特别希望能有自己的名字，真的，只是老师读读自己的名字就好。这样，等爸爸妈妈打回电话来，小宝就可以让爸妈高兴一下了。小宝连那时候怎么说都想好了，就说："爸妈，你们在外面不容易，小宝在家会好好学习的。这次我被老师表扬了，你们高兴不？老师表扬我了！等老师下次表扬我的时候，你们能回来了吗？准能回来。我都梦见了，一定准的。我好好表现，等老师下次表扬我，你们也去学校听听！"

那时候爸妈就会在电话那边高兴地笑，答应小宝下次受表扬的时候回去。然后给小宝带回外面的新鲜事儿，带回给小宝的新衣服新书包。

对，就这样说。小宝不止想了一次两次，差不多每天都这样想。每天小宝都在自己的脑子里给自己和爸妈编一段对话。每次想到表扬，想到跟爸妈说时的高兴劲儿，小宝就情不自禁地笑，然后把手头的每一件事做得最好最好，仿佛爸妈第二天就能回来了一样。

而现在，小宝终于发现自己有时候会闷闷不乐的原因了。老师从来不注意自己，更别说表扬自己了。是不是自己太不起眼儿？对，就是自己太不起眼儿了。班上的好学生，像班长郑乐乐，总是每天高高兴兴的。为啥？因为她学习好，唱歌好，样样都好，老师喜欢同学喜欢呗。那班上的调皮学生呢？像陶皮皮，虽然调皮，可是总是能想些新点子，层出不穷的笑话更让大家一下子就想起他来。我陈小宝呢？小宝仔细地想了又想，自己每天过得平平常常，从来不惹麻烦，也从来没有什么好事降临，难怪老师注意不到自己！赶紧让老师表扬自己呀！

表扬！表扬！表扬！小宝觉得只要能换个表扬，干什么都行。老师表扬，爸妈就会回来了！小宝总是这么想，似乎爸妈真的答应了一样。小宝也忘了自己到底有没有对爸妈说过这事儿了。上次爸妈打回电话来还是那年春节呢，小宝一边哭着看春节晚会上那些伙伴们的朗诵，一边对爸妈说自己很好。

这之后几天的上学路上，小宝一直在想这个问题。怎么才能让老师表扬自己？谁都不喜欢被遗忘的感觉吧？为什么自己不像郑乐乐一样讨老师的喜欢呢？要是同学们也因为什么事儿围着自己叽叽喳喳的就好了。到时候自己绝对不嫌吵也绝对不烦的。班上的李晴总是穿件新奇的衣服，要不就是有什么可爱的发卡了，女生们总是围着她叽叽喳喳。连男生都忍不住从她身边走过，说一句："呸，臭美！"可是耳朵还是支棱着听女生们的谈论。李晴总是娇气地说："哎呀呀，这么吵，烦死了。"小宝想不明白，有那么多好朋友围着赞叹，有什么好烦的呢？要是自己被围着，那一定高兴极了。

还是那样默默地走到路口，小宝低着头，踩着槐树的树根走过去。突然，小宝像是发现了什么一样停下了。那么多树长在这里，为什么我单单注意了这棵槐树？还不是因为它的树根突了出来？还不是因为它周围都是梧桐树？小宝突然有了主意。

他用最快的速度跑向学校，一路上书包晃荡晃荡地打着他的屁股。一路的风景再也无法吸引小宝的眼球了，就连离路口不远处新建了间报亭他都没有看见。

进了教室，小宝把书包往书桌上一扔，马上拿起了扫帚。对，可以帮班级干卫生呀！小宝想，如果秦老师知道自己主动干班级卫生，就肯定会表扬自己了！

一时间，小宝满脑子里想的都是这两个词，他干得风风火火，满头大汗，兴奋得脸都通红了。小宝一心一意地扫地，似乎已经不是为了那些垃圾而扫了。同学们惊奇地走进教室的时候小宝没有看见，秦老师抱着一摞书进教室的时候小宝也没看见。

教室里全是小宝扫地扫起的灰尘了，可是小宝还是没有发觉。同学们一声不吭地看着他，诧异陈小宝今天怎么了？班长郑乐乐刚想叫住小宝，却被秦老师挡住了。郑乐乐有些不解地看着秦老师，只见秦老师脸色凝重，眼光留在小宝脸上，久久不愿挪开。

小宝依然在埋头扫地，心里想着表扬，想着爸妈。想起小时候骑在爸爸肩膀上摘苹果，想起小时候的夏天夜晚，自己坐在妈妈怀里听妈妈讲故事，看妈妈给自己织毛衣，看爸爸给自己捉萤火虫，想起和爸爸妈妈在一起的每一天……想起那年春节联欢晚会上的《心里话》，小宝的脸憋得更红了，他埋怨自己为啥不会写那么好那么感人的话？小宝特别感谢写出这话的人，那也是自己的心里话呀！

"要问我此刻最想说什么，我爱我的妈妈，我爱我的爸爸，因为，是妈妈把城市的马路越扫越宽,因为,是爸爸建起了新世纪的高楼大厦！"

等小宝回过神来的时候，已经走在放学的路上了。

小宝觉得这一天像梦一样。

自己到底干了什么？扫了地吧？扫着扫着就哭了？唉，男子汉，哭个啥劲哟！然后呢？然后扫起了那么多灰尘，郑乐乐就帮着洒水了，同学们也都开始帮我洒水了呗。小宝现在是真的觉得郑乐乐应该被老师天天表扬了，人家多好啊，小宝心甘情愿地叫她班长。自己呢？自己终于等来了老师的表扬！秦老师不但帮自己扫了地洒了水，还表扬了自己，表扬自己把教室的地扫得干干净净！小宝的脑子刹那间就短路了。他也忘了自己当时到底是什么感觉了。唯一想到的就是，高兴，高兴，高兴。还有一件事，小宝心头隐隐觉得奇怪，却没问为什么——秦老师在表扬自己的时候眼里全是泪花！是自己看花了眼吗？小宝压根儿没时间考虑这个了，接下来的事儿更让他懵了。秦老师从那一大摞书里抽出了两张淡蓝色的纸，递给小宝。

广州——××。车票？爸妈不就是在广州吗？

郑乐乐说了什么来着？这是班级捐钱买的？这是同学们的爱心汇

聚的？小宝低头走着，手掏在口袋里，使劲捏着这两张车票。事情怎么变化这么快呢？秦老师和同学突然和自己站得更近了，更紧了！

这么说，自己受到表扬了？每个同学都在帮自己，每个同学都是自己的好朋友？这么说，自己的愿望就要实现了？受到了老师的表扬，爸妈也要回家看看啦！

小宝想着想着，脸又兴奋得发红了。他抬腿就想跑，想赶紧回家收拾收拾迎接爸妈，不料却被什么给绊了一下。"哎呀！"小宝一看，原来是那棵槐树的树根。又到路口了！

"我叫小宝！陈小宝——"小宝例行着"公事"，"你听见了吗？我叫小宝——"小宝觉得自己的声音也大了，好听了，透着一股子喜气。终于有人听见自己的声音了！不止是一个，而是一个班！小宝突然觉得这棵长在一排梧桐末端的槐树是这么高大。我叫小宝，这呼声终于有人听见了！

走过路口，小宝快速向右转进胡同，离家越来越近了！他的心越跳越快，浑身像沸腾了一样，有了车票，说不定后天回家的时候爸妈就在家里等着了！小宝越跑越快，似乎不止是跑向那间小屋，还是跑向家，一个真正的家！

因为兴奋，小宝还是没注意到路口的那间新开的报亭。但是很多人都注意到了。报亭的橱窗上挂着最新一期的报纸，黑体一号字的标题分外醒目：

关注留守儿童，温暖一颗童心。

作者简介
FEIYANG

侯文晓，1994 年 3 月生，喜欢做一些有趣有挑战的事，喜欢的作家有金庸、三毛、简·奥斯汀，曾在《儿童文学》等刊物上发表过文章。（获第十三届新概念作文大赛一等奖）

第 2 章

最好的季节

我们都透彻地看到了那些藏在感情背后情欲的真相，
以及一种近乎脱线的绝望

雪是凋谢的云朵 ◎文/张晓

一

　　正要出门的时候，窗外忽然下起雪来。

　　先是星星点点的冰晶，坠向地面不着痕迹，而后凛冽的寒风瞬间掠过，大片大片的雪花紧随而至，仰头望去，仿佛那些铅灰色的云朵正在凋落，一簇一簇的白色飘落下来，如同一场扑面而来的幻觉。

　　我马上把风衣重新挂回到衣架上，靠在床边，掏出手机发短信给安远：大雪封城了，你在哪里？

　　从十七层的阳台上向下望去，街道的两侧已经积了均匀的一层雪，穿梭的车辆节奏慢了下来。不远处市中心的几座地标性的高层建筑，已经隐没在了苍茫降落的大雪中，看不到了。

　　正在向窗外望的时候，爱尔兰风笛的声音空灵地在房间里荡起来，同时手机"嗡嗡"地震动着从枕侧向床的边缘滑去。我一把把它抓住，按了接通键。安远的声音从另一端传来：清和，你丫没见过雪啊还是怎么着，这点雪也叫封城了啊？我在广场这边喝咖啡赏景呢，你丫马上过来。

　　她顿了一下，很显然是抬头看了一眼招牌。很快，安远接着对我下了命令：嗯，店名叫"雪国"，你马上过来。

收起电话，我马上转身去摘衣架上那件还残留着我体温的风衣。

前一天晚上，跟安远一起吃饭的时候，本来已经说好，今天上午一起去城郊的小湖边写生的。由于今天是周末，我们两个又都极端痛恨早起，于是把时间定在了上午十点。不料，这个冬天的第一场雪，竟然在这个时候落了下来。

下楼的时候我在电梯里看了一眼时间，差一刻就到十点钟。

小区外的街道上，行人已经开始变得稀少，我拦了出租车，一路风雪兼程来到广场附近。

推开"雪国"的门，第一眼就看到了临窗位置上坐着的安远。她正用手支着下巴望向窗外飞扬的雪花，星星点点飘落的白色映在她的眼睛里，闪出莹莹的光彩来。

我走近她，玻璃茶几上摆着两杯香草拿铁，些微水汽正从杯中飘散出来，氤氲出大团大团的白色。

我端起其中的一杯，用小勺搅了搅。安远回过头来看我，我便逗她：瞧你，又文艺了不是，还赏起雪来了。

安远故作嗔怒状骂我：你丫是不是骑乌龟来的，老娘等了你半个时辰了。她指指我手里的咖啡，说，快点喝完，我们去湖边。

我这才发现她的画架正斜躺在离沙发不远的地方。

那天我们迎着那个冬天的第一场雪去了湖边，大雪在我们的身上积下厚厚的一层，湖边的法国梧桐还没来得及落叶子便被这劈头盖脸的大雪压得垂头丧气。安远背着画架走在我的前面，她在大雪中雀跃穿梭，仿佛正在行走于万物复苏的春天。

安远象征性地在纸上涂了几笔，然后拉着我闪进了一家餐馆。我们抱着一个热气腾腾的火锅一直吃到暮色四合，我们不停地把大盘大盘的羊肉、香菇、牛百合倒进沸腾的锅里，然后不等熟透便分而啖之。餐馆的服务生看着我们，眼神里闪着几点异样的光，他或许从来没想到过，这个年纪的女孩子，竟然会有这样与啮齿动物雷同的吃相。

就是这样平淡的一天，我和安远在一起。

二

我和安远是在学校的画室里认识的，我们是学校里为数不多的艺术生，专业是美术。我们学校是全省有名的理科人才培养基地，文科生都被学校领导晾在一边，何况是我们这些可有可无的艺术生。

从高一开始，我便跟着学校里的一位美术老师学画画，每周三节课，画室就在教学楼顶层的一个角落里，冬冷夏热，楼下是那些普通理科生的教室，那些未来的人才与精英们。

美术老师锦城是刚从美术学院毕业的大学生，清瘦而单薄，偏白的面颊上架着一副黑框眼镜，颇具艺术家气质。授课的时候，可以看到他灵巧的手指上突兀的骨节。锦城的声音有些沙哑，却没有令人不适的沧桑感，很多时候，我都几乎错以为他是一个还处在变声期的男孩子。可是谁都知道，连我们这些学生，都已经快要远离"孩子"这个称谓了。

在那段岁月里，整个学校，对我们这些艺术生都是排斥的。每次找班主任请假来上美术课，这位有着二十几年教学历史的化学老师都**爱理**不理，他的语气总是这样的轻蔑，恨不得我立刻在他的眼前灰飞烟灭。

在偏安一隅的画室里上课，也不得安宁。楼下的老师时常会找上来，说锦城讲课声音太大，影响了他们的学生集中精力做题，或者说画室里的人不够安分，桌椅一直在动，发出的声音吵到了他们上课。楼下的老师们就是靠着这样牵强的托词，把他们在教学中积累的压力与怨气，全部转移到了我们这些没有任何人庇护的艺术生身上。楼上的这间画室就是一只大垃圾桶，整个学校里的人都把不满与愤懑一齐向里泼。

　　遭遇别人的刁难，锦城一直都是忍让的。作为刚来学校的新教工，他没有资历，教授的又不是重要的课程，因此当楼下的那些老师们一脸怒气毫无为人师表的风度地冲上楼来与他理论的时候，他多半会赔着笑脸做一番自我检讨以求息事宁人。看着他一味对那些强词夺理的滋事者吞声忍让，我们作为看客都会感到心痛——其实我们做不成看客，这个急速运转的商业社会对于艺术与艺术从业者的轻视与偏见有一天也会倾洒到我们身上，只是我们这些还没有站在风口浪尖上的人不愿意承认罢了。

　　开学不到一个月，画室里五十几个学画的孩子还没有互相认全，我们就已经遭受了数次这样的诘难。每一次，都是因着锦城的宽容与忍让不了了之。

　　一个星期四的下午，我们又聚在画室里上课。锦城在画室里来回踱着，指导大家给石膏人像画逆光侧面像。借着幼年的基础，那幅素描我完成得尤为顺利，涂完阴影之后，我打开画架上的铁夹准备把画纸取下来。或许是由于心底过于轻飘，我手一重，用力过度，画架立刻向后跌去，我想伸手扶一把，却没能来得及。木质的画架重重地跌在地板上，厚重的声响在安寂的画室里被无限放大着。

　　这原本只是一个小事故，没有任何值得铭记与书写的元素。坐在我前面的一个男生很绅士地伸手帮我扶起了画架，画室里很快恢复了平静——这本来就只是一个掀不起波澜的小事故。

　　可是就在不到一分钟之后，这一切变得难以收场起来。画室的门被人用力推开了，不，看那样的力道，应该是踹开的。一个有些斑秃的中年男人一脸戾气地冲了进来，没有人知道他怎么会这样的盛怒，他脸上的肌肉扭曲着冲画室里的每一个人吼道："你们这些人什么时候能学会安静一点！再这样吵我们上课，就都给我滚，滚！"

　　来者是教务处主任，一个有着近三十年教龄的物理教师。他在我们学校里有着毋庸置疑的威望与影响力，很多学生家长都会找机会请他吃饭以便学生可以在学校里得到照顾，这从来不是什么秘密。很显然刚才他正在楼下给学生授课，也只有他，会这样不留情面地斥责别人。

画室里的所有人都看到了年轻的锦城那一脸的窘迫与不安。

来者依旧不依不饶，他继续大声指责："你们这些人，不务正业，还要扰乱别人……"

他的话被什么打断了。在画室的南面一排里，一个蓄着长发的女生桀骜地站了起来，她的手臂向前伸得很直，直指着教务主任不堪盛怒的脸："你说什么，你再给老娘说一遍！"

女生的眼睛里闪着灼人的坚毅，教务主任始料未及，一时呆在那里。

很多年前，我看一部叫做《喜剧之王》的电影时，周星驰曾经在片中一脸严肃地说："你可以说我是跑龙套的，但是你不可以说我是'臭跑龙套'的。"这个女生的眼神里同样有着这样不容置疑的气势，她是在替自己、替锦城、替我们所有人辩驳。我们不是不务正业。她是在维护自己作为人的尊严，维护自己追求梦想的权利。

不惑之年的教务主任在这所学校里待了二十多年，或许从来没有过学生敢于用这样强硬的语气与措辞顶撞他。他的怒火冲出一丈高，此刻他已经不再是一个对学生负有教育责任的长者，愤怒让他变成了一个心智泯灭的无赖、一个不折不扣的流氓，他大声对着女生斥骂道："我说你不务正业亏你了？你看看楼下的学生，再看看你们这些人。你还想怎么着，你不想在这里上你滚啊！"言辞之中，他已经自诩拥有了生杀予夺的大权。

可是就在接下来的一分钟里，教务主任刚刚夺回的尊严被人彻底地摔在了地上，并且，被踏得支离破碎。我相信，在我们这所学校近百年的历史上，师生之间从来没有发生过这样激烈的争执，这一天，可能是这位资历深厚的教务主任一生中最耻辱的一天。

站着的女生理了理额前的碎发，她一字一顿地说："你有什么资格瞧不起我们？就因为你擅长敲诈勒索蹭饭吃？你这种人品只能给这学校抹黑，一个老师整天逼学生家长请吃饭才是不务正业。老娘都懒得理你，你这根废柴。"是的，她说："你这根废柴。"

一分钟之后，教务处主任一脸怒气地摔门而去。

与学校老师发生这样激烈的冲突，按照学校强词夺理的规章制度，肯定已经够得上勒令退学的处理了。可是这件事最后竟然不了了之，或许是女生的话让教务主任在人格上占了劣势，无颜去找校领导申诉，或许是因为锦城私下里找到教务主任为女生求了情，或许还有其他的原因，但有一点肯定无法被忽略：女生的母亲是这座城市里几个重要领导之一，而女生的父亲，经营着这座城市里首屈一指的大企业。记得谁说过，这是一个拼背景和天赋的时代。出生在这样一个显赫的家庭里的人，恐怕没有多少人愿意去得罪。哪怕她并没有刻意地去炫耀自己的家庭背景。

这件因我而起的事故，最后由着另一个女生的强硬姿态而收场。她的名字，就是安远。

三

有着这样一场惊心动魄的意外，又同在一间画室里学习，我和安远很快就熟络起来。后来安远搂着我说："清和，你丫那画架摔得好啊，我正愁找不到机会修理那老秃驴呢，上次他在楼下说学艺术的都是学生渣儿。"

看到她眉宇飞扬的样子，我感觉她还是一个贪玩的孩子。

而若玩到火，便注定烧身。

高二的时候，原来五十多人的画室里只剩下了十几个人坚持上课。这也是自然，升了高二功课便愈加繁重，若非绝顶热爱，或者没有别的路可选，大多数人都会放弃美术课。锦城老师对我们留下来的十几个人愈发关心了，课上得更为卖力不说，指导时也更加精心。而我，却渐渐地看出一些端倪来。

在画室里，安远依旧坐在南面一排，于是锦城在南排停留的时间就比在其他地方多得多。安远对他也开始多有溢美之词，有时候安远会拉着我说："看，锦老师的手指，多长。"作为同龄的女生，风花雪月也早已明了，我能够感受到，她开始迷恋他了。

只是我没想到一切会发展得那样迅速，仿佛是一辆坏了车闸的机车，全速沿着下坡路狂奔，无法停滞。

对安远进行单独指导的时候，锦城甚至会有意无意地握住她的手。那个冬天锦城甚至毫不遮掩地戴上了安远买给他的一线品牌的围巾——他一个没有家庭背景的穷教师，是断然不可能自己买这种奢侈品的。

安远甚至开始憧憬她和锦城的未来，虽然性格里多有桀骜和倔强，她的心思，却终归只是一个女孩子。

安远不止一次地跟我说："清和，等高考完，你、我、锦城，我们三个人，一起去旅行吧。我们一起去香格里拉看云，去丽江看玉龙雪山。"她的眼神里闪烁着晶莹的光，呈现出少有的柔和。我答应着，心里却很是不安，然而又觉得自己终归是局外人，不便多说什么。

我的不安很快应验，那个春天，安远竟然怀孕了。我甚至从未预知锦城和安远会走到这一步。

有一天安远悄悄拉住我，低声询问着，又仿佛是哀求："清和，怎么办，我身上……两个多月没来了，我可能……"

我陪她去医院检查，果然不出所料。于是我打电话给锦城，他推说自己是老师，被人认出来多有不便——这个男人，在事发许久之后，终于想起了自己老师的身份，却只是把这身份作遮物，掩饰自己不敢面对现实的怯弱。

于是只得由我陪安远去做手术，幸而安远家境优越，不须为费用殚精竭虑，由此便不必惊动父母。

可是我看着术后安远一个人躺在病床上，仍替她感到心酸凄凉。一个男人，无论此生如何声名显赫，若在年少时辜负过一个女孩，他

053

这一生便都是苍白丑陋的。

术后安远与我依旧回学校上课，校园里仍然一片平静，由于我们瞒得紧，安远与锦城的这段恋情并没有掀起什么波澜。

只是回校多日，竟不见锦城其人。不前来相见，打电话给他又被告知停机。良久才婉转打听到，就在安远住院的那两天，锦城竟辞了学校的工作，不知去向。

我看着安远清澈的眼睛，咬牙切齿地咒骂着锦城这不负责任的告别："他妈的，他就是一孙子。"

安远拉着我的手，迟疑地向我解释着："清和，是我，是我让他走的。他说他想去丽江开酒吧，想办自己的画展，我从家里拿了钱给他。他说艺术就是他的生命，我怕再在这里待下去，他会被彻底磨平了锐气，永远地被埋没掉。"

我一脸诧异地望着安远，却不知道再说什么。我又一次感到，对于他们两个之间发生的这段感情来说，我永远只是一个局外人，有些事态，即便已经看穿，也实在不便言说。

安远伸出手臂抱住我，她说："清和，你一直陪着我，真好。等你结婚的时候，我去给你做伴娘好不好？"她只提及我的未来，我便猜测她对锦城也已有了三分失望，却又不肯死心。有些已经消失的感情，走出去了就可以不必再回来，而安远却固执地站在受过伤的地方，仰望或者等待。

我回头逗她："那可要等到老娘二十八岁，到时候你这伴娘可不准跟新娘抢风头。"安远跟我说笑起来，像从前一样，我都已经记不清有多久，我们没有这样嬉笑打闹过了。

后来安远又小女孩似的央求我："下个寒假，你陪我去云南吧，像以前说好的一样，我们一起旅行。"我摸着她的刘海，点头答应着："嗯嗯嗯。"

四

锦城走后，学校里换了新的美术老师。新来的老师是个三十多岁的妇女，上课时眼睛里没有一丝神采，看一眼便明白，美术对于她，只是一个借以糊口的工作。

紧接着我们升入了高三，由于学业吃紧，我决定不再去画室上课。我把画架丢在家里，做起了本本分分的理科生，成绩还算过得去。我的班主任很欢迎我的选择，他还特意找我谈话鼓励我好好努力。而安远依旧留在画室里，虽然锦城不在了，学画的孩子也只剩下了不多的几个人，但安远选择沿着这条并不平顺的路走下去。

寒假的时候，安远打电话给我，依旧想要我陪她一起去旅行。可是我看了看日程表，模拟考试已经不远了，于是我借故推脱，没有与她同往。那个冬天我一个人坐在房间里拼命地补习以前落下的理科基础知识，而安远买了车票，一个人去了远方。开始的时候会隔三差五地收到她的短信："我在一家小书店，这里有很漂亮的线装书卖，给你带一本"、"云南的米粉很可口"……后来，这样的联系便也断了。我为那些繁琐的理科题目忙得焦头烂额，竟渐渐忽略了她。

直到假期开学，安远竟一直没有再出现。我打她电话不通，便疑心有什么变故，到画室里问新来的老师，被告知安远因事故而住院，其他一概不知。我问清哪家医院，逃了课打车去看她。病房里有很多人，我认出安远的父母，鞠躬道："叔叔阿姨，我是安远的同学……"没来得及说完，安远的妈妈就和我一起落下眼泪来。

安远安静地躺在床上，一向桀骜生动的她，此刻竟然如此深沉安稳。我抬头望了一眼病房素净的房顶，这一切都如同一个人工营造的幻境，只有安远浓黑上翘的睫毛，微微翕动着，如此真实，毫发毕现。

后来我在网上查到了事故的记录：二月二十八日十八时四十分，从梅里雪山归来的一行十人同乘一辆中巴车，当行至迪庆藏族自治州香格里拉县境内 214 国道时，与迎面驶来的一辆来自香格里拉的小轿

055

车相撞，坠入一百五十多米的深沟。车上六人死亡四人重伤，中巴车完全报废。香格里拉县尼西乡新阳村的村民及时赶到现场救援。

安远的脊椎受到了严重的损伤，还没有从昏迷中醒来。她的父母已经商定，等春天送安远去美国手术，却依旧没有把握安远是否能够再次醒过来。

我站在病房里面，避开身后趁机前来大献殷勤的闲杂人等，抬头望向窗外。此时一场大雪正铺天盖地地落下来，我突然想起上个冬天，我和安远一起冒雪去湖边，抱着火锅吃到暮色四合。那天雪落向地面，如同云朵一片一片地凋谢，铅灰色的云朵凋尽，天空便开始放晴，投射出盛大天光。而一年之后，安远躺在我的身旁，那么近，却又那么远。

我通过各路朋友，千方百计地联络上了锦城。他果然留在了丽江，我不知道安远一个人去云南的时候有没有见过他。我发短信给锦城，告诉他安远的事故，希望他能回来看一眼，跟昏迷中的安远说几句话。他只回我："哦。"此后便再不理睬。我第一次和大多数人一样，开始鄙视起这一类号称艺术便是生命而又浅薄乏力的文艺青年来。

我只看到锦城的脸上，写满了无能与不负责任。

五

安远就这样一直沉沉地睡着，此后我回到学校上课，拼命地向着白茫茫的未来奔去，陪伴我的，是漫长的冬天和那些永远也凋不尽的云朵。我一个人在这没有边际的忙碌中挣扎着，一个人看凛冽的寒风和厚厚的积雪，看午后温暖的阳光和落光了叶子的老法国梧桐还有教学楼长长的楼梯。生活的轨迹变得这样干净，像在风中散开的疼痛一样，与过往错开再错开。

有时候我会想起安远来，却再也没有勇气去看她，对于我，她就像彼岸异时异地盛开的花朵，而我始终只能停留在此岸。

每当大雪从这座城市的上空落下来，我便兴奋难当，因为春天又近了一步。我的心底，始终有着不为人知的期盼。

安远，我不是像你那样坚强的人，所以我一直不敢去看你。

安远，我二十八岁结婚的时候你一定要醒过来，做我的伴娘。

六

这个冬天，一场又一场的大雪一次又一次地落下来，我不知道天空中那些铅灰色的云朵何时才能凋尽。然而，望着天空的时候我才知道，我对雪，分明是有了一种不能言说的恋情。

作者简介
FEIYANG

张晓，1990年6月出生于山东济宁，双子座男生。八岁第一次发表作品。（获第十届新概念作文大赛二等奖，第十一届新概念作文大赛二等奖，第十二届新概念作文大赛二等奖，第十三届新概念作文大赛一等奖）

拥抱  ◎文/苗亚男

当我喝下了两杯浓咖啡之后，决定写起你。现在是夜晚十一点整，是我生物钟中最困的部分，熬过这一段时间我可以熬一个通宵，于是我打算专心致志地想一想你，榨干我已经逐渐退化的记忆力。你不知道，明天是让很多人拼命的高三的期末考，可是我觉得如果我不能够停下来处理好现在的感觉，我对不起你。

今天傍晚我出去买晚饭的时候听到以前学校的音像店在放《拥抱》。我不知道是不是店老板抽风了，他没有选那些烂大街的口水歌，没有选其他的五月天，偏偏是这一首，偏偏是。我们都知道，这首歌的意义。因为这是我们最爱的中文歌，没有之一。

即使过了这么多年，即使，我已经发生彻头彻尾的变化，但是这个没变。我不知道你现在会是什么样，人人、校内、豆瓣，每一处，都找不到你的痕迹，那么多的通讯方式，你都不给我任何机会。我想也许正是因为这个原因，我才没有把你淡化，你才一直鲜活地存在着。

这几年我长高了五厘米，从163长到168，喜欢的人变了很多，从这一个到那一个。喜欢的明星开始变多。搬了两次家，换了N个手机号、N个昵称、N个邮箱。喜欢的颜色喜欢的生活状态喜欢的作家喜欢的电影统统都是新的。所以说那些曾经在同学录上写的那些都是过

期的，我现在看着它们觉得束手无策。我从曾经每星期都穿校服变成买衣服的时候花钱不留情面，从曾经花一整晚看那些爆冷门的书看到流眼泪到现在翻一页就想睡觉，从不愿意答理任何暧昧的男生到现在习惯性地插科打诨。

我变了很多。可是我也会很害怕。我怕自己变成我们都讨厌的那种人。我怕你会不喜欢现在的我。

但是后来想一想我是一直在强迫着你介入我生活的状态。

没变的是我还有精神洁癖，无法接受我身边的人有阴暗面，无法忍受那些让人洗脑的事情以及愚蠢的交涉，讨厌固执但是没有主见的人，无法忍受做一些在自己实际水平之外的虚假的事情，无法忍受无动于衷地伤害别人，无法和别人虚情假意地说一些为了契合彼此利益的事情，无法忍受雷同的平庸的单薄的感情。所以我一直很好奇那些面不改色去做违背自己本愿的人如何看待自己。这样的我无法去做自己，也许我不懂得怎样和世界沟通，我不想承认我有一些社交厌倦和社交恐惧症，情商为零。

或者我只是习惯性地假装自己很在意某件事情，其实，真的，不再为那些仅仅是了生存的事情而表示尊重，我不尊重任何不值得尊重的人。

慢慢地变得清醒但是痛苦，因为我不能允许自己变成那样现实与世俗的人。生活依旧是严格而脆弱的场景，逼迫着所有的人迂回着虚伪。

我觉得自己是疯了。真的疯了。我无法控制自己像弹簧一样来来回回的情绪。我真的不是矫情，是我一直都是这么对精神界限敏感的人。

确切的是这些年我一直生活在现实之外。我不想去介入在尘土上喷薄而出的那些真相，我是如此地沉浸在这种廉价的自由中，终于说服自己不用忐忑地等待别人的取舍。

我知道我只是在用这样一种方式和你说说话，如果当着你的面我只会沉默或者遗忘它们。我总是如此苛刻地要求那些我在乎的人。我不能容忍自己发现他或她身上具有任何的阴暗面，不能忍受那些委婉的沉默。所以事实也许是我真的不适合在这样的社群传统中生活下去。

可是你呢？当我试着第一百次地拨打你留下的手机号然后提示是空号的时候，我只是想找一个安慰而已，如果真的接通我恐怕会瞬间空白呆掉。

我们是从什么时候喜欢五月天的呢，确切地说是二零零四年。那个时候它还没有成为天团，阿信还是一脸青涩的样子，不是王子相。我喜欢哼着金多虾还有阿信歌词里毫不顾忌的脏话以及爱情万岁里的限制级的句子。原来轧车唱出来那么爽，原来孙悟空可以这样写，原来还有人和我们有一样的感觉。我所喜欢的也只是那样一种纯真的挥霍而已。

没有人可以真的一夜长大。但是转折点也许是六年级。那一年看完了几乎所有名正言顺或者名不正言不顺的言情小说，张小娴亦舒，以及那时的小四落落饶雪漫，以及几乎是我审美观的启蒙的《护花铃》，以至于后来在所有人都开始轰轰烈烈地陷入青春文学的漩涡的时候我都不知道该看什么。这样过早地成熟的另一个代价是我彻底对所谓校园爱情的无感，以及对日复一日重复的生活的厌倦，百无聊赖。我喜欢那些解剖开的爱情，在剧情中。但是不是在现实里。我们都透彻地看到了那些藏在感情背后情欲的真相，以及一种近乎脱线的绝望。如果我会说这样真脏，也许会被认定为反人性。

什么时候注意《拥抱》的？是因为歌词写得太诗意吗？是因为这首歌太纠结太像我当时的心情吗？还是因为《未来世界》里女主角说的那句台词？都有。

怎么可以有这么美这么绝望这么纠结的歌？这是你的原话。

以至于当阿妹和杏红合唱的时候我很不满，纠结呢，怎么没唱出来纠结，这才是这歌的感情基调啊。以至于当我去看了人生中第一场五月天的演唱会，那天下着大雨，全场十万的人合唱《拥抱》的时候，难以抑制的眼泪。

我是多么"幸运"。我只能找出来这个词来形容我的感觉。

我这个人是多么的没心没肺，对于不开心的难过的那些记忆我的记忆力为零。所以当我搜肠刮肚想找出来一些对你不满的伤心难过的事情的时候，当我想说服自己我已经不喜欢你的时候，我很无奈，我做不到，我什么都不记得了。也许你是例外。

我真的不喜欢过去的人。每一个人都在变化，所以总是困守着那些在限制区域里的限制的剧情，会不会觉得太悲观。因此也习惯性地想要去尊重与同情那些活在过去里的人，他们要不是懦弱要不就是真的伤痛，但是后者真的很少，因此一切想要以此来试图安慰或者给自己生活的生命都让人觉得荒谬但是无以言表。

很喜欢一个词，尽管是贬义词，叫做"言不由衷"。从一个方面上来说是我们不能够说真心的话，这是表象，但是另一个严重的是词语的背叛性，本来想法的交流和语言的交流就是两码事。

可是我记得那些没有你的日子。

我发现自己的模仿能力与适应能力是多么强。我习惯了一个人去很远的地方，习惯了什么事都是我自己来。习惯了自己，甚至不去想念任何人。我活得多么逍遥自在多么无坚不摧多么光芒耀眼。可是那些都仅仅是空洞而苍白的部分，我只是不去将自己困在里面，因为没有任何真实的事情存在完美的说法。可是我的内心是千疮百孔的，在漫长的航班里，在铁路的尽头，没有人等我。

我学会了多么努力多么坚强地去巩固自己的生活。我怕我慢慢地会向这样的世界妥协，我怕我忘记了自己说过的那些美好的明知道不可能实现还要下的承诺。

我学会了说谎，说一大堆的谎，以至于我都不知道自己是不是故意的，是不是惯性而已。

每次看到五月花的纸巾都条件反射地要把它们改成五月天。

这些都是永远不会变的吧。美好的后遗症。

我上哪里找这样一个陪伴了我那么长时间的精神支柱？我上哪里找一个这么优秀这么完美这么耐心这么够哥们的阿信？

即使长大了之后发现那些所有青春的任性背后都包含着妥协的真相，即使知道了并不存在那样可以支撑你现实生活的单纯的情绪，但是还是会相信，就是那种类似于不愿意背叛地相信，那样一种真诚的可能性。一种年轻的用力，蛮力，头破血流，所以还是会包容不完美的他们。

只是对你的印象也只会变得愈加的没有印象。

我是有多迷茫多无知多没有自我，我试过所有想试的一切。甚至堕落。我觉得这没什么不好，新鲜感虽然不能当饭吃但是至少也是生活的一种。我想换一种沉迷方式，我想物质想让自己不去想心里的那些东西却发现我对钱好像真的没感觉，如果它连一点点自由都买不来。即使生活还是那么疼痛，即使这个世界上有那么多的依旧疼痛的人。

到现在我还是无法接受那些所谓的前辈言辞激切地训导你们写作时还要想着读者的，那些口口声声地享受着抬高与被抬高身价的人，其他人的观念在随时随地引导着我们引向你能承受的极端。

那个时候我是多么喜欢你。

我总是不能够像你一样，有那么多的丰沛的想象，而且是基于现实生活的层面上。我总是有着很多稀奇古怪的念头，但是它们的质感只存在于遥远的成日密密麻麻郁郁葱葱的丛林，从来都不可能真的出现。所以，多么幸运我可以看见一个真实的童话世界，以你的双眼。

尽管我知道这种生活迟早都会消失掉，我们都要脱离伊甸园，都要去承受各种经历各种混淆的不堪的感情。所以有的时候我会羡慕你，不用亲自品尝这些也许会影响你的事情。所以你在我的心里永远都停在了那一刻，我把你塑封住了，永远美好。

刚开始的时候我也不了解自己怎么想的。我总是希望生活可以尽可能简单，不论是所要做的事情，还是人与人之间的感情。我希望它们鲜活但是简单，我的脑袋处理不了庞杂的事情。所以和你在一起会显得那么惬意。我只要跟着你的节拍跟着你的脚步一个个地踩过时光的节点，而不用绞尽脑汁地思考怎么样才能过得更精彩些。我从来都不知道原来自己可以那么喜欢一个朋友，而且是愿意用一辈子的时间喜欢你。我分得如此清楚，对你，没有敬仰，没有评判，什么都没有，就是纯粹的喜欢。你不是闺密，不是伙伴，而是在这个世界上的另一个我。

也许是我太孤单了，我的生活散乱不堪，所以只好将你当成我生活的一个重心。

该怎么去形容你，那么美好的一个人。我甚至会觉得，你变成任何一个样子，我都不会改变我的感觉。

我喜欢你身上的任何细节。

我们一起乘的地铁，地铁上晃动的你在玻璃里呈现的影子，真的很美的幻觉。一起在街上买的零食听的歌，也许只是几百个优柔寡断意犹未尽的逃避。一起乘枯燥的航班漫长的轮渡去看的一场场的演唱会，只有在现场那短短的两三个小时中我可以刻骨铭心的快乐。你在桥上和我一起看的夕阳，你沉默，你仅仅是看着它，我们都只是看着它，真的不需要说话。我们一起泡的咖啡做的饼干。你帮我挑选喜欢的指甲颜色。

我可以在所有的美好的时光中找出悲伤而充满缺陷的真相，那些理由，但是我还是愿意相信并延续那些美好，因为它们存在过，并且真的影响到我。所以，能被我们一次次地包容的就是真的爱吧。

我喜欢你K歌的时候唱《孙悟空》，喜欢你耍宝的时候没心没肺的样子，喜欢你照的每一张照片中你的构图以及奇怪但是很美的光线。喜欢你不是一个乖孩子，喜欢你的乱糟糟的长发，不论是金色红色还是紫色。喜欢你身上每一个文身的图案，喜欢它们没有愈合的恐怖样子。甚至喜欢你是单亲家庭，喜欢你没有家人管你。喜欢你从来都不消极地看待人生，喜欢你养的一窗台的仙人掌，喜欢你就算交白卷也不作弊，喜欢你自己赚钱养活自己，喜欢你的左撇子，喜欢你无论怎么吃都吃不胖，喜欢你的单眼皮，喜欢你笑起来明亮的唇钉，喜欢你的固执你的原则你的玩笑以及那些从来都不觉得文艺腔的文艺，喜欢你的直接以及不留情面。

我喜欢你顶着黑眼圈抄我笔记的样子，喜欢你光着脚走在河堤上对我挥手的明媚样子，喜欢你精心地帮我挑选生日礼物，如果有很多的选择，你永远都知道我最喜欢的是什么样的。我喜欢你说话的声音、停顿的节奏、安稳的腔调，甚至尝试喜欢那个你喜欢的但是我从来都不待见的男生。

喜欢每天都见到你但是不会厌倦，喜欢你每天都带新鲜的水果给我吃，喜欢在你身上可以看见绵长的永远都不会消失的纯真和幸福，喜欢周末你在百货店打工时候笨笨地算账的样子，喜欢下雨的时候你欢欣鼓舞的样子，喜欢你下楼梯咕咚咕咚作响的样子。你的一切。

我知道不可能有完美的人，但是我似乎愿意去包容你的一切。我想这样就已经是极限了。我甚至会觉得，我和你已经不能分开了，谁的离开都会造成我一半的毁坏与血肉模糊。可是我的觉得是错的。事实证明这样的生存是多么冷酷，原来我还可以活得好好的，原来我们的世界并不是那样，完整而统一地让人牺牲。

最近不敢去看去接触那些情感浓郁的作品，因为会觉得自己身上的一种背叛性。因为我这个人这一生都不可能对别人投入超过我自己的感情。我能理解它们，也能感受它们，我甚至愿意用我最喜欢的方式去刻画它们。但是我没有那种类似于祭奠式的付出。确切地说就是，我已经不能够去那么相信那样感情的存在的真实性。感受那些真的从心里发出来的感情和塑造的之间是有很明显的区别的。然而前者的美就在于一种不在乎，对自己形式的忽略，这样一种此消彼长的对自己与他人之间的转折让人着迷。

我想过人生的很多个阶段。我们的生活似乎是再为每一个阶段的每一个关卡来奔波，一步步到死。似乎只要这样就好了，似乎只要这样就是我们顺利而不用烦恼的人生。这是绝大多数的我们所接受的价值观。被统一，然后即使有不同的地方事实上本质上还是相同的。愚昧，习惯被洗脑，容易相信别人，容易动摇。从不喜欢自己，不在乎自己的状态，变成无所谓，变成只要自己适合那些所有的人就可以了。

我不知道如果你在你会怎么想这些事情，也许我也不是想要一个答案。我也不知道自己在做什么。似乎真的没有什么事情可以让人耗尽一生的所有的热情去呈现与付出，即使是艺术抑或精神。但是我们宁愿不相信这些事情，像不愿意去相信自己。你会一段段地提醒自己不是那么卑微不是那么无力不是那么被困扰。

曾经会觉得如果要把自己困住真的是一件太理所应当的事情，毕竟所有的人都在提醒你这个生活上的联系不容许你任性。但是我们也不能够去心甘情愿地承认这样一种生活。其实都一样，所有人的心绪都一样。

我很想念你。

想念最后你生病时拥抱你的时候你突兀的肩胛骨，还有身体上淡淡的也许是你做菜时候留下来的辣椒味道。想念你写的那些歪歪扭扭的字，给我寄的每一个节日的卡片，我把它们完整地收在盒子里，可是搬家的时候再也找不到了。

我想告诉你你送我养的那盆花已经死了。

我想告诉你我去了你那么想去的东京。

我想告诉你那个你喜欢的男生他活得很幸福。

我想告诉你你妈妈再嫁了，你有一个很可爱的小妹妹。

我想告诉你阿信出的每一张专辑里你来不及听的歌。

我想告诉你，那些你不在的日子里发生的一切。

可是我仍然需要时间去习惯我的生命里没有你。我习惯了这么久，久到我一次次地不想活着却依然活得好好的。

开始的时候我一直会骗自己。也许你只是想换一种生活对不对，像你曾经做的那样，你只是想找到那些你不知道的自己，像你告诉我的那样。所以，你会偷偷地在某个地方继续生活，对不对？你那么任性的人，从来都不管我的感受。

所以还是不甘心。不甘心。不想承认。

——你要是在多么好。你要是在我身边多么好。

如果这个世界上还存在你，多么好。我不用假想出来一个你来陪我度过这漫长的孤单的时光。如果那些我想象的瞬间，你都在我身边，我该有多幸福。

作者简介
FEIYANG

　　苗亚男，1993 年出生，经常被稀奇古怪有些变态的念头弄得满身邪气。多重人格，走青春文学不顺因而转向荒诞。贪吃贪睡，看碟无数。(获第十二届新概念作文大赛一等奖，第十三届新概念作文大赛一等奖)

今日落大雨  ◎文/丁威

一

今日落大雨。

这是莫子聪第一次见暖暖时天气预报员说的。

暖暖手里握着快要融化掉的草莓冰激凌，淡紫色的奶油从冰激凌的顶端往下滑，凉气就在冰激凌上升起来，满裹住整个盛夏的热，暖暖有一颗草莓冰激凌甜软的心。暖暖都记不清这是夏天到来后她吃的第几个草莓冰激凌了，好像在夏季的指针"咔嚓"一下跳过来的时候，暖暖的手里就握着草莓冰激凌了。糯软的甜蜜凉凉地漫过暖暖的嘴唇，像是有一枚甜蜜的吻在她唇上滑过，而后整个嘴唇就都满怀着期待了。

二

莫子聪当然记得第一次见暖暖吃冰激凌时她的样子，莫子聪当然也记得他们第一次见面时那场瓢泼的大雨。

那天同样是这样的雨天，雨是突然而来的暴雨，像是天突然缺了个口，倾盆的大雨就可劲地往下落了。那时，莫子聪正在操场上打篮球，天就突然变了色，黑压压的乌云迅疾地占领了操场上空的天，操场边的香樟在

风里抖动着浑身的枝叶。人群纷纷开始向可以避雨的地方跑去了，莫子聪和崔浩也赶紧跑到篮球架旁拿起放在那里的手机，然后缩着脑袋往学校超市跑去。他和崔浩每次在打完球后都会习惯性地跑去超市买一支草莓冰激凌，而今天该莫子聪买了。莫子聪去冰柜拿冰激凌的时候，崔浩正站在超市门口接电话，等莫子聪给完钱在等着服务员找零的时候，崔浩朝着莫子聪挥了下手，说道，有点急事，我先走了。莫子聪的"哎"还没喊出口，崔浩的身影就消失在茫茫的雨中了。

他们往超市跑的时候，雨还只是淅淅沥沥的刚起势，等莫子聪买完冰激凌站在超市门口时，雨已经砸得超市门口的顶棚震天响了。香樟被大雨淋得枝叶都耷拉下来，它们的身影也像是隔着一个世界般的遥远，透过茫茫的雨丝望过去，空落落的学校广场不见一个人影，近处的水道被湍急的水流埋没、拥灌，整个世界的声音都被雨滴砸顶棚的声音掩盖下去。莫子聪手里握着两支草莓冰激凌愣了神。

暖暖就是那个时候打着雨伞从食堂往超市走来的，因为是倾盆大雨中唯一的人影，莫子聪就盯着她的身影看。暖暖撑着一把鲜红色的伞，这让她在雨中仿佛一颗遗落的樱桃，这也让莫子聪想起《四月物语》里女主角那把雨中的红伞。

走进顶棚后，暖暖把伞收起来，脚上的球鞋已经被雨水打湿了，暖暖抬头看到一个男生正站在超市门口望着她，暖暖注意到他手里的两支草莓冰激凌，突然觉得很亲切，她就朝着那个男生笑了下。莫子聪看到她收起了伞，他注意到她的长睫毛就像雨刷一样扑闪，然后，她就向莫子聪笑了下，嘴角弯起好看的弧度。

暖暖从莫子聪的身边走过去，莫子聪闻到她身上亲切而又熟悉的香味，他们用的是同一款香水，莫子聪想。莫子聪扭过头，继续看她。

草莓冰激凌没了吗？暖暖朝着收银台的服务员问道。

另一个服务员朝着暖暖走过来，边走边说，不会这么快就没了吧！

莫子聪知道他打开冰柜找的时候确实就剩下两支，他就对暖暖说，嗯，就剩两支了，说着，他举起手里的冰激凌向暖暖示意道。

哦，食堂里也没了，我才跑到超市来买的，说着她无奈地望了下莫子聪。

雨越下越大，络绎不绝的雨丝已经挤挤嚷嚷地把天地间塞满了。路面上激起大朵的水花，它们也嚷嚷地相互推挤。

暖暖失望地朝超市门口走过来，弯腰拿起立在超市门口的伞，伞尖在地上留下了一摊水。在暖暖正准备打开伞的时候，莫子聪举起右手里的那支冰激凌朝着暖暖递过去，他说，这支给你。

暖暖愣了下，然后就伸手去接莫子聪递过来的冰激凌，眼睛弯弯地笑起来，说，谢谢你啊！她撑开手里的伞，然后把手臂举高，示意莫子聪钻到她的伞下来。

莫子聪伸出右手拿过了暖暖手里的伞，接的时候莫子聪的手指触到了暖暖的手，一股凉凉的暖意从指肚上透过来，莫子聪朝着暖暖略显尴尬地笑起来。

伞在雨中隔出一个空荡荡的凉意弥漫的世界，暖暖在伞下一口一口地咬着草莓冰激凌，莫子聪闻着她身上淡薄的香味。

她说她叫暖暖。他说他叫莫子聪。

三

冰激凌干杯，暖暖学着《不能说的秘密》里桂纶镁的样子对莫子聪说，而后闭上一只眼，用睁开的那一只斜睨着莫子聪。

莫子聪把自己的胳膊从暖暖的胳膊里绕出来，笑着说，交杯冰激凌，干杯。

可是，可是，如果没有遇见你，我还会继续习惯性地吃着草莓冰激凌吗？

四

暖暖记不清这是第多少次孤身一人跑到食堂或者超市去买草莓冰激凌了，而后，她拿着顶端已经开始融化的冰激凌往学校植物园里走，打开 MP3 里唯一的陈奕迅的《好久不见》，听着歌一口一口把整个冰激凌细细地吃完，当歌曲循环到第二次播放结尾的时候，暖暖就把整个冰激凌吃完了，然后，关掉音乐，走出植物园，开始下午的生活。

刚开始的时候，她每次吃冰激凌都是一边吃一边不停地掉眼泪。不久前，她身边还有一个人陪着她一边聊天一边吃冰激凌，冰激凌吃起来也是甜蜜糯软，而那一切现在都消失无影了，只剩她一个人在这掉眼泪，也只留给她这熟悉又陌生的场景。

那个时候，夏日的阳光从树枝罅隙里漏下来，风一吹，光斑就在地上蹦跳起来，有时候还会跳到暖暖的脚上，热就在暖暖脚面上晕开了。暖暖接过路也递过来的冰激凌，迫不及待地掀掉冰激凌上的盖子，舌尖探进去，凉意就仿佛电流一样顺着她的舌尖往上爬了。路也就用左手握住暖暖空下来的右手，然后边吃边笑着看暖暖把整个冰激凌一口一口地吞进肚子里。夏季里的燥热就被冰激凌慢慢地敲开了外壳。

暖暖想：爱一个人就会慢慢变得和他有一样的习惯，真是奇妙。

路也是暖暖的高中同学。那时候他们互相之间就有了好感，不需要开口，一个眼神就足以说明一切。他们为着同一所大学而努力着，暖暖的成绩相对好些，她就在学习中尽自己最大能力地帮助路也，最后的高考他们也如愿进入了同一所大学。升入大学后，他们的闲暇时间更多了，而每天中午一支草莓冰激凌则成了他们的习惯。也因为彼此的优秀，很多人在知道他们是情侣的情况下，却还是向他们表达自己的爱意，当然，他们是最登对的，谁也不能把他们分开。

是的，谁也不能把他们分开，除了死亡。暖暖在路也死后每次想到这句话就心如刀绞。那天，如果自己能任性点让路也陪她，是不是一切都会不同，暖暖闷在被子里哭的时候就一遍又一遍地假设。假设。假设。

那天是周末，路也作为文学社社长带领他们社出去活动。因为头天晚上暖暖洗完头多吹了会儿风，早上起来后就觉得脑袋昏沉沉的发热，拿体温计一测，38.5 度，路也准备不去参加活动了，留下来陪暖暖，可是暖暖不同意。

暖暖说，你是社长，你不去这活动还怎么进行啊，我没什么事，去打一针吃点药很快就好了，你不用担心我啦，我这么大了会照顾自己的。

傻丫头，会照顾自己还让自己生病了，那好，我走了，你快去医院，说完，路也抱了下暖暖，笑着向她挥了挥手，然后走了。

让暖暖怎么也想不到的是，这竟然是路也最后一次对她说话，最后一次抱她，当他再次面对暖暖的时候，他再也不能对暖暖说一个字，而那一挥手竟然是此生的永别。

也许，对于最爱的人，甚至在不知道死亡即将来临时，最后一个字也会是"你"，而不是"我"。

路也他们在郊外的灌河旁野炊，夏日里的灌河显得很安谧，水流得很慢，甚至察觉不到它深处暗藏的涌动，它平静得像是一个沉默不语的小男孩。不知道是谁提议在这炎炎夏日里应该跳进灌河里好好爽快一下，这个提议一说出来，就得到了很多人的积极响应，但是，大家都只是口头上说说，没有人真的有要下水的意思。

路也站起来说，没有人要下水吗？

我们都不会游泳啊，一个社员应和道。

是啊，我们都不会游泳啊！

呵呵，想也是，那会游泳的跟我来，说着，路也就扯掉了上衣，光着膀子朝灌河走去。他一跳进灌河里，果然就有一个人跟着他跳了下来。整个文学社四十多人，竟然只有两个人会游泳，路也想想都觉得教育真是可笑。

凉爽的河水像蛹一样包裹住他，路也就朝着灌河中央游去，那个人看着路也朝中央游，也就跟着他朝更深处游去。他只会"狗刨"，所以身后就扑腾起很大的水花，岸上的人都笑了起来，路也看着他游泳时的滑稽模样，也忍不住笑了起来。可是，慢慢地路也和大家的笑声就弱下去了。那个人沉了下去，起先大家都以为他是在潜泳，可是，一会儿他扑腾着浮上来时，他喊道：救命！路也就一个猛子扎过去，岸上的社员们也全都站了起来，挤在岸边，却又只能干着急。路也朝着他游过去，扯着他努力地往岸边拽，可是，他完全慌了神，不停地对着路也挥拳扑腾，路也拽得很费力，突然，路也的后脑勺被他挥拳的手击中了，路也脑袋一蒙，就沉了下去。他却扑扑腾腾地朝岸边去了。大家先把他拽上了岸，却不知道路也怎么了，就愣怔怔地站在那里等路也游上来，等溺水的那个人把腹腔里的水吐完醒过来的时候，路也已经永远地长眠于灌河了。

暖暖见到路也的尸体时已经是黄昏时分了，路也安静地躺在那里，脸变得乌青，耳朵、鼻孔、嘴边里塞满了淤泥，黄昏的风吹过来，暖暖觉得很冷，路也临走时的那个笑明晃晃地亮在她眼前，暖暖伸手去握路也的手，他的手僵硬地空在那里，像隔着一个世纪那样冰冷，暖暖的眼泪就止不住地往下流了。

如果我发烧能到40度，如果那天我能任性地让他留下来，如果他们社没有组织那个活动，如果多一个人会游泳，如果……每次暖暖躺在被窝里哭着想这些的时候，就把自己的嘴唇咬得出血，可是，这许许多多个如果，却还是不能换回一个她爱的路也。

从那之后，她就很少再笑了，总是一个人在校园里独来独往，很多人向她表白心意，可是，她都视而不见，她忘不了路也，任谁也不能走进她心里，而路也则成了她心上抹不去的一道疤痕，永远像一簇火苗一样烧灼着她的疼痛。

直到后来她遇见了莫子聪。

五

如果没有遇见暖暖呢？莫子聪想，他是否还是像以前一样一直坚持下去每天吃草莓冰激凌呢？即使后来吃草莓冰激凌慢慢变成了习惯，可是，谁能说习惯不会在某天早上醒来时就死去呢？谁又能把爱坚持到永远不枯萎呢？

暖暖能。遇见了暖暖，什么都会永远下去。莫子聪想。

莫子聪和冉冉相爱了三年，从他们上高中的那一刻起，从他们走进高中校园看见彼此的第一眼起。爱情也许就是第一眼的感觉，就像李健在《传奇》里唱的："只是因为在人群里多看了你一眼，再也没能忘掉你容颜。"不管向左走还是向右走，不偏不倚，在那个时候，遇见彼此，不快一秒不慢一秒，转身的一瞬间，彼此就在伸手可牵到对方的地方，看见就会觉得安心，会不自主地喊对方的名字，不是因为什么，只是嘴唇轻轻地吐出那几个字，喊出来得到对方的应答就会安心，觉得知足，而感觉对了，世界也就对了。

莫子聪和冉冉的爱情一直平平淡淡，像黄昏里的落日一样让彼此觉得知足、安心。莫子聪一直觉得爱情就是细水长流，等到所有的风景都苍老、枯萎，彼此的手还不松不紧暖暖地握着，就是把全世界加起来，也抵不过一个人在身边，即使不见面，即使那么远，却仍又那么近。

当然，莫子聪会每天早上起很早骑车去给冉冉买她喜欢吃的那家店的蛋挞，那是他一次买遍了城里所有的蛋挞，一一让冉冉尝过后，知道了冉冉最喜欢的那家店。莫子聪也会每晚临睡前都打电话给冉冉，给她唱一首歌，而且歌从来没有重复过，最后跟她说晚安，等着她电话挂掉的声音响起。莫子聪习惯了每年夏天的中午陪着冉冉吃一支草莓冰激凌，风雨无阻。

莫子聪也会在冉冉生日前一个月开始准备，高一时冉冉十四岁生日的时候，他花了一个月的时间给冉冉画了十四幅冉冉的画，每幅画都写上一首给冉冉的诗；高二时他把冉冉喜欢的周杰伦的所有专辑收集起来，依据每张专辑的风格给冉冉写一个类似风格的小说。

可是，高三的生日还没来得及过，一切就突然走上了永不回来的末路了。

莫子聪和冉冉本来说好高三结束后就结伴去巴黎留学，他们的父母都知道他们在交往，因为觉得门当户对，两个孩子也都足够优秀，就豁然地看待他们之间的爱情。可是，因为风云突变的股市行情，莫子聪的父亲一夜之间破产了，他因为一时想不开，就从公司的顶层纵身一跃，永远地告别了这个世界。而冉冉的父亲从莫子聪父亲的葬礼上回来后，就开始阻挠冉冉和莫子聪在一起了，为此，他很快地给冉冉办理了出国手续，在冉冉出国的前夜，她偷偷地从家里逃出来，找到莫子聪，想要跟他私奔。可是，莫子聪看着一夜间白了头的母亲，就对冉冉说，我们不可能在一起了，我希望你能找到更好的，我们就到此为止吧。

那晚，莫子聪闷在被子里哭，母亲听见了就说，想哭你就大声哭吧，别闷在肚子里。莫子聪就大声哭了起来，直到筋疲力尽晕了过去。

冉冉走了，莫子聪家里一下子变得一贫如洗，除了日渐苍老的母亲，就靠他一个人支撑了，有时候他会恨父亲，可是，眼泪流过后，一切都还是要继续下去，除了自己没有谁会同情你！

那一年莫子聪没有考上大学，复读的时候莫子聪几乎是没日没夜地学习，偶尔会想起父亲在的时候、冉冉在的时候，但也仅是一闪念，他知道他肩上所担当的究竟是什么。慢慢地他的成绩赶了上来，三模结束后，他已经超出重点线六十多分了。高考结束后，他如愿地考上他理想的大学，接到录取通知书的那天，他一个人跑到学校操场躺了一夜，他想起了冉冉，就按冉冉留下的电话打了过去，可是，是空号。

直到一年后的一天，莫子聪才知道冉冉在一次醉酒驾车时出了车祸，永远地离开了这个世界。那天晚上，他在学校的湖边坐了一夜，从那之后，他就把断了一年的每天中午吃草莓冰激凌的习惯继续下去了。

如果没有遇见暖暖呢，生活该会是什么样呢？莫子聪现在还是会问。

那时，他想，也许，末路的尽头会永远都是末路吧。

六

暖暖觉得也许生活真的就会一直这样下去，不接受别人的爱，也不去想牵起另一只手，甚至就这样一直一个人走下去，苍老、枯萎、凋零都无所谓，死亡都来了，什么还是有所谓的呢？

他们从雨中穿过去，整个世界静下来，那一刻，莫子聪知道生活也许从这一刻开始变得不同以往，如果命运眷顾，丢失的东西也许该回来了。

他们互相留了手机号，暖暖回到寝室时，收到莫子聪发来的信息，觉得一切都恍如梦境，这一年以来她第一次把自己的号码给一个陌生的男生，那么让她这么做的原因是什么呢？是时间让她淡忘了许多？是他让她觉得安心的样子？是第一次见面微妙的感觉？还是只是他和她有同样的吃草莓冰激凌的习惯？那天晚上，暖暖第一次因为除了路也之外的另一个男生失眠。

但是，在第二天，暖暖就强迫自己恢复了以往的生活，她不知道自己是怎么睡着的，但是，她做了一个梦，梦见路也哭着握着她的手，说，他想陪她走完一辈子，他们永远都不要分开。早上醒的时候，暖暖的枕头上湿漉漉的一片，一辈子，她的眼泪就止不住了，一辈子该是多长呢？！

　　莫子聪给她发信息，暖暖能不回的就尽量不回。莫子聪请她吃饭，暖暖尽可能地推脱，实在推脱不了，也只是在饭桌上沉默不语地对着莫子聪，她怕自己万一——说话，就会又掉进一场痛苦的爱情里，她害怕。莫子聪打系里的篮球赛，告诉暖暖让她来看，比赛都结束了，暖暖的身影也一直没有出现在篮球场上的人群里，那些因他而来的女生的欢呼声听起来也显得遥远而生硬，但他却因为注意力不集中，被教练按在了替补席上。

　　其实，暖暖也不是不知道莫子聪是真心地爱她，暖暖也不是不知道自己心里对莫子聪也有好感，但是，每次她想起莫子聪的时候，路也对她的种种的好就阳光一样亮起来，在她心里照出一粼一粼的疼。

　　那天，莫子聪打比赛的时候，暖暖是去了的，她本来想不去了，但是漫无目的地在校园里转的时候，恍恍惚惚地踢着路上的石子，当一阵欢呼声清晰地传来的时候，暖暖抬起头，篮球场就近在眼前了，人群把场上的人全遮挡住了，她不想往人群里凑，就在路边的秋千上坐了下来，远远地听着篮球撞击地面的"啪啪"声、人群的欢呼声，当比赛结束的时候，她从人群中一眼就看到了莫子聪失望的背影，越走越远，渐渐地消失了。

　　也许一直这样下去，生活平平淡淡，没有爱情，也没有期待，甚至一切都淡如开水，我会走到哪里呢？

七

　　莫子聪躺在宿舍的床上看书的时候，突然就收到了暖暖的短信，他一骨碌从床上爬起来，拿手机的手甚至有点颤抖，他小心翼翼地按下"查看"，暖暖写道：

　　　我在学校医院里，你能过来吗？

莫子聪一下慌了神，他从上铺跳下来，急忙穿上衣服就往学校医院赶。一路上，他的心乱糟糟地跳，他不知道暖暖究竟怎么了，那时候，他甚至都忘了打电话问下暖暖，一心想着快点见到暖暖。在经过学校超市的时候，他跑进去买了一支草莓冰激凌，问了校医院的医务人员，他终于找到了暖暖的病房，莫子聪几乎一眼就看到了暖暖的腿已经被打上厚厚的石膏了。暖暖躺在床上，面色苍白地看着他笑，他的眼泪立马就忍不住了，但是，怕暖暖看见，他把头扭过去，等心情慢慢平复后，才朝暖暖走过去。

暖暖示意他坐下，他就搬了个椅子坐在了暖暖旁边。莫子聪这时候才想起来他手里还握着给暖暖买的草莓冰激凌，就抬起手朝暖暖递过去，冰激凌已经化得面目全非了。暖暖就又苍白地朝他笑起来。

我再去给你买一个，莫子聪站起来说。

不，不用了。暖暖伸手拉住了莫子聪的胳膊。

没事，超市近，我一会儿就能来，莫子聪还是要往外走。

不用了，我现在不是很想吃冰激凌，我就是想跟你说说话。暖暖把莫子聪往下拉。

莫子聪就又坐了下来，望着暖暖心疼地笑。

昨天不是还好好的嘛，怎么突然就……莫子聪把枕头垫在暖暖的背后，扶她坐起身来，然后问道。

昨晚，暖暖在寝室卫生间里洗澡，伸手去拿洗发水的时候，一不小心滑倒了，腿狠狠地磕到了地面上，剧烈的疼痛从膝盖上传上来，暖暖疼得眼泪都掉了出来。她在地上坐了半天后，准备起身站起来时，腿刚一动，更剧烈的钻心的疼痛就又漫上来。暖暖知道，自己的腿骨折了，最后在寝室同学的帮助下，她到了校医院，折腾了半天，腿打上了石膏。医生说，是半月板裂开了缝隙，估计最少也要三个月才能正常走路。最后，校医院的灯都熄灭了，只剩走廊里的灯白惨惨地亮着，从门缝里挤进来的光在地面上难以为继，只是短短的一小截。空落落的病房里四张床，却只躺了暖暖一个人，暖暖一点睡意都没有，转着头在病房里四处望着，越看越觉得荒凉，像是全世界突然就只剩她一个人了，她又想起了死去的路也，紧接着莫子聪的样子在她脑海里幻灯片似的一遍一遍地来回晃，她从来没有像今天晚上这样想念莫子聪，心里是一片干涸的眼泪。想到这，眼泪就真的顺着眼角不停地往下流了。

暖暖摸出手机，打开通讯录，搜索到 M，一个一个翻下去，莫子聪，暖暖写道：我在学校医院里，你能过来吗？信息写完了后，她又转念一想，也许，莫子聪已经睡着了，她就按了"返回"，信息存在了"草稿箱"。

第二天等暖暖睁开眼的时候，阳光已经照得世界一片亮堂了。暖暖的手里还握着手机，她打开"信息"，按到"草稿箱"，她看着"发送"键犹豫起来，其实，那一刻，她知道按下去之后的意义，它意味着跟过去告别，然后开始新的生活，她盯着手机发愣，她不知道她是否还有勇气去面对感情，她知道爱，可是，她不相信爱。

最后，她闭上眼，对着空气喃喃地说，再见了。然后，她按下了"发送"。几乎是同时，一条短信来了，莫子聪像是提前感应到了一样发来了信息。

暖暖吃着莫子聪买来的草莓冰激凌，看着莫子聪这一个月来明显地瘦了下去，脸上也满是疲惫，她伸手去拉莫子聪的手，莫子聪没反应过来，愣了一下，然后更紧地握住暖暖的手，朝着暖暖笑起来。

医生说，下周就可以把石膏去掉了，再过不久，你就能像以前一样走路了。莫子聪用纸替暖暖把抹在嘴角的奶油擦掉。

谢谢你，暖暖不知道该说什么，就把莫子聪的手抓得更紧了，心里是暖暖的潮水来回涌动。

暖暖当然记得莫子聪每天给她打饭，一口一口地喂她吃。暖暖当然记得在医院里待了一周后，莫子聪用自行车驮着她到寝室，而后又每天驮着她去教室。暖暖当然记得她还在医院里的那一周，每天莫子聪都爬在病床边守着她，半夜也总是被暖暖疼痛的喊叫惊醒，然后就几乎整夜不睡。暖暖当然记得莫子聪给她买了拐杖，每天搀扶着她在校园里散步。暖暖当然记得医生说有这么贴心的男朋友，真是你修得的福分啊，那时，暖暖只是笑着不说话。暖暖当然更记得莫子聪每天都给她买一支草莓冰激凌，然后笑着看她一口一口地吃完。

那些日子，暖暖像是变了一个人，不再像以前一样沉闷地独自难过。看到莫子聪，她都要把最好看的笑容留给他，她也不再觉得世界上就她独自一个人了。

有时候，自己坐在那里沉默不语时，就会突然笑出声，莫子聪就看着她说，傻丫头，想什么呢，这么开心。没什么，笑还不好吗？她眼睛弯弯地对着莫子聪笑。

只是，她一直都没对莫子聪说关于感情的任何方面，莫子聪也不去问，就是贴心贴意地照顾她，逗她开心，唱歌给她听，希望她能一直无忧无虑的。

直到有一天的黄昏，莫子聪给暖暖唱起了陈奕迅的《好久不见》，唱完后，莫子聪抬头看暖暖的时候，发现她满脸都是泪水，他拉过她的手，说，怎么了？

暖暖就第一次向莫子聪讲起了路也，讲起了那些恍如烟云的伤感的日子，暖暖一字一句地讲。最后，暖暖依偎在莫子聪怀里泣不成声，莫子聪紧紧地抱着她，像整个世界的心跳此刻都在他怀里一样。那一刻，莫子聪多么想要，真心地想要创造一个温暖光亮的世界给她，他站在这个世界里，站在她身边，守护她。

他对暖暖说，我们会在一起，永远都在一起。他把她抱得很紧，像从此再也不能，再也不能把她抱得更紧一样。

八

莫子聪撑开雨伞，然后牵起暖暖的手，彼此的体温一点一点蔓延开，他们撑着伞朝学校超市走去，雨伞隔出一个喧嚣宁静的世界。

今日落大雨。

作者简介
FEIYANG

丁威，生于 80 末、90 初之交，喜欢安静看书晒太阳的日子。志向颇高，天分不足。矛盾、敏感、脆弱、失眠、瞎琢磨构成生活的全部。(获第十二届新概念作文大赛一等奖，第十三届新概念作文大赛一等奖)

最好的季节  ◎文 / 李连冬

立秋

那个秋天到来之前，宿舍的窗总在夜里开着。每个早晨，我总在某个时刻醒来，而后，看到窗外的一框昏黄。暧昧，潮湿，温暖，恍惚里以为自己夜归，那灯光便是柴门犬吠所在。那是我熟悉的四十瓦钨丝灯的光亮。那时我从未想到，日后，我还能记得它的温度，甚至午夜梦回，还闻到那些味道。而在那些真正的黑夜里，我只是侧过身，对着它，稍清醒，便起身，轻轻地收拾利索，离开尚有轻鼾、漂浮着暖意的宿舍。

或有星光，天色静如处子。走不过几步，便能斜斜地看到载着昏灯的楼，是教师的公寓。那昏黄，便在三楼或者四楼某扇窗里。我从未真正地去追寻过那灯光，事实上，昏黄的那一团只在清晨见得，时日多了，对它就有了模糊的期待。而那公寓楼，我是极熟识的。它与宿舍楼紧紧挨着，中间夹着矮矮的配套房，房顶总是停留着白纸、塑料袋、单只的破袜。我喜欢这老楼。那年秋天，我在楼下一丛花草里，见到一盆白色的茉莉，花色近青，瓣上沾了霜，寒星一般。在我的记忆里，这镜头是在一夜秋雨后的清早，水泥路上残着水痕，我沿老墙走，瘦弱的枝便立在墙根，悲悲地抖。于是，这栋有

扇容易漂浮灯光的窗的老楼，连带着秋雨和茉莉，变作我安静的城堡。它们多么安静。

四处都是安静。当我开始回忆，如同站在一个旷原，转来转去，找不到一点声响。那时，我平静地过着高三开始的日子，生活是那么有序。后来，我收拾凌乱的东西，找到一张相片：书码得整整齐齐，摆在方桌上，蓝色书立，厚厚的大辞典，桌上立一杯，杯里清水，桌边则挂着一白色毛巾。我追求过那种干净，甚至那一度是我的理想。这种冲动，与在晴朗的春日田里畅畅快快地骑车一样强烈。多日以后，已全不是这回事儿。

这一年七月十六，月食。诺诺在前面，细细地走，我一步步跟着。她踏着一双小小的浅底拖鞋，近木色，素花斜斜地飘在一侧。小小的脚，落在地上，无一点声音。

去了操场，与她寻了一个干净的地方，坐在地上。我与她，都不知道说什么。夜正有些凉，而月平静地接受着黑的漆染，只剩了一个弯刀刃，却仍雪亮。诺诺端着头，头发散在后面。我低了头，看看她，复看月，胸膛里麻麻的。我吻她。像一对恋人。

我无话说。我只是这样做了，在这个地方，这个时候，与这个人，不知为什么，我的女孩。我这样想着。"什么也别担心。"我只能这么说，跟自己说，跟诺诺说，跟所有人都这么说。

每日如是，只是安稳，顺着走。晚上与诺诺在外面。往往有风，吹来清凉凉的。有几天落雨，塑胶跑道上凸凹不平，存了雨水，灯光反射来，水一闪一闪的，似银河倾泻下来。雨下得急，还是走。前方或是茫茫的光，或是无尽的黑，我垂着手，她紧紧抓着。空空的，随便说些话，遗在黑夜里，依然空空，却充溢了满满的自信。我恋爱了，我对自己说。

我说："诺诺，我又睡不着。有些事我说不出来，也说不好。你知道我的脾性。写下来，或许更好些。你的叹息让我想了很久，我一直很认真。你知道的，你是唯一的。"

雨还在下，风吹进来。我刚刚下床，关了窗。站了一会儿，真静。对面那昏黄的窗又亮起来了。不知怎的，它让我格外安详。我常常猜那里一定住着一对老夫妻，教了一辈子书，退休了。男人教语文，女子教英语。

"以后，我们会有自己的一间小屋，屋里便是这种光。我想简单些，只要一张宽宽的床，一张小桌。灯下撒满书、影碟和你的衣服。我们在里面，写字，画画，看电影，听歌，看太阳，做爱。我要你放心，我们会很好。"

我从来没有说出来，从始至终。但是诺诺知道，那时我想。

隔去绵长的时间，我不再闻见阴天的霉味儿。感到某段时日的逝去，也没有伤感，只是想起时，缩缩鼻子，快乐地笑笑。这笑，肆无忌惮的，像那时候宿舍里开起玩笑，时至今日还没有笑完。杰子光着膀子，趴在床上，看厚厚的玄幻小说。卡洛斯在听歌。天尧则睡了。屋顶有一个转头的风扇，嗡嗡响着，忽而停下，声音就淡下，消失了。铃便跟着响了，声波很尖，哧啦啦拖很长时间。在这铃里，默立起来，冲一把脸，一个个离开。铃仿佛还在响，耳里震颤颤的。阳光被树枝分得粉粹。这些回忆起来，也是要快乐而笑笑的。

周日下午活动，阳光忽又温存，校园里嚣嚷，日头慢慢下去。我几日里有些疲累，便在班里，看本小说。夕阳斜着入窗来。柏杨闪将进来，说班里兄弟跟别人下面有些冲突，要男生下去看看。跟着下去，班上几个人在篮球场里打球，那些寻事的已不见。原是些复读生，本有些气傲，刚才抢场子，吵了几句，有些冲撞。柏杨过来对我说，怕掩不住，大康若问时，安妥一些。我点点头。

晚上，人心都有些浮。自习过后，大康果然叫我，心想这般事，也要过问，实在小气。进办公室，他跷腿坐在椅上，套一双拖鞋，晃晃动着。说过些闲话，忽然说了："你和诺诺，是正常，只是现在什么是最重要的，你得知道。"顿一顿，点一支烟，又说，"完了高考有很多很多时间。往后你会知道，男人的事，第一件事，得负责，不管什么时候。"

我不做声。

他又悠悠地说："你们，我不管，只要自个儿有数。都是懂事的。她的数学，你得帮着。"

我回班里，不知该想些什么。多是些快活与坦然，然而终究不明白，这算怎么一回事。哥们儿来问，我说场子无事。人都散了。我抬头望望诺诺，她正伏在桌上做题。

回宿舍。枕着手，躺在床上，细细想这一天的事儿，什么都不能想。杰子和小泉在闹，哈哈笑着。房顶脚步踩得很响，尖叫响成一片。我昏昏然，不知不觉里睡了。夜里冻醒，起来脱下衣服，拉上被子，又睡去。

日夜轮回，你自去悲哀，或者欣喜。我则还是一天天过下去。问题不断涌来，那简单的生活的理想，早记不起。不自觉，已介入生活。看似严重的事儿，日子磨过几天，渐渐平了。与诺诺有过几次争吵，独自生闷气，过些时候，也便好了，又反去安慰她，反招她一脸泪水。都快乐起来，用劲儿地去学课程。

连着阴了数天。学校楼上垂下条条的布幡，遮了窗，红红绿绿，光映进来，整个楼里都生出异色。那是那年的十一，学校五十年校庆。热闹之后，我回了学校。正是秋雨，丝丝缕缕。布幡吹得歪歪斜斜，有些扭在一起，也无人管，顾自被风吹得叭叭响，一副余烬模样。操场上正拆着晚会的台子。我打伞经过，几个人正缩着脖子抬着钢架。风吹过来，雨打在伞布上，刷刷地响。校园里寂寥得很。偶尔走过一人，手机放着曲子，是时兴的陈楚生的声音。凉得很，声音在雨里冷冷地传着，所到处，皆空旷下一层。"有没有人曾告诉你，我很爱你，有没有人，在你日记里哭泣……"他这么唱着。

我被叫来，听一个讲座。去后才知道是北某大招生办，要见几个人。

早就听说学校跟他们有联系，只是不知道深浅。出来后，自己行走在空洞的校园，飘飘渺渺。出去已晌午，到对面读者书店，同老板老板娘打个招呼，拿了一期《收获》。便寻个拉面馆，叫一碗面。热雾升起来，模糊了店外的雨。随雨而至，秋已深了。

整个十月，依旧安详。诺诺穿起了灰色的风衣。每日喝几大杯热水，闲时便泡些茶，抓一把，酽得很。每夜送她走后方回宿舍。周围依旧喧哗。十一月了，过不几天，竟生病了。初始时，不过是些平常的喉痛头疼。夜里无长梦，早晨却醒不来，软绵绵，似乎堕入无尽的睡眠里。白日亦无心做事，只熬着日子，恍恍惚惚。时日久了，焦躁不已，恨这身子无一点力量，不能抵去一点潮气。想着清清明明过日子，便咬牙做些利索的事。日暮，拖着身子野野地跑，狠狠踢球，一身汗。又用冷水往身上浇，纯净的凉，身子紧紧的，筋络都硬起来。水撩在浴台上，又滴下来，一声声沉闷地响。天尽黑了，宿舍只我一人，静静待着，听一滴滴的水。楼外偶尔有人走过，说话声亮起一阵，又渐渐远去。我默默地希望明日来时，精神能回来些许。

却越来越重了，一日晚上，人烧得哆嗦，关节透酸，却清醒，对了灯光，看得头晕。下课，班里人影晃动，乱极。我扭头看窗外，一片黑，玻璃上滞了些水汽，映了自己的脸，看看，忽而惊疑，似不相识。我想，又病倒了，仍然不能自己挣扎起来。诺诺在身边坐着，递过一杯热水。我决定回家了。那是那个秋天的最后一个镜头。

立冬

清早起来，屋里灯已亮起，父母两人早醒了，热了饭。我默默吃下，拿了《丧钟为谁而鸣》，放在包里，出去等车。外面大雾，在夜色中弥漫。不多时候，黄黄的车灯从远处闪来。

将要到学校时，大大的太阳又映照了整个天空。一瞬雾残，天地清明。车窗上滚着水珠，扯开一条线。我用手擦擦玻璃，看着窗外，阳光硬了，冬天到了。

我与看门的大爷打个招呼，进了宿舍。把晾在绳上的衣服收下，一件件叠好，放回箱里。找出看过的杂志，打理好。床上的书本，犹豫一下，拣出《丧钟为谁而鸣》和海子、阿城，摆在枕边。余下的，尽收拾整齐，与杂志一同堆在床下。便出去，剪去长长的头发，留下极短，硬硬扎扎，摸去，仿佛有些力量。回来后，换一身干净衣裳，把待洗的一并洗了，晾在架上。忙完，在床沿默默坐着。晾起的衣服聚起水珠，重了，晃晃，摔在地上，阳光照进来，也碎一下。衣服仿佛透亮了。

回班时遇见大康，欲走开，他拽我去办公室，告诉我考试与电影云云。拿回一张纸细看时，才明白是北某大影视编导的自主招生。心里稍有微波，便搁起来，拿了书本，另忙起来。而后来，当事已过往，才恍悟它的意义。而事实即如此，一切不平常，总是平常起始，如河滩上行走，踏出好看而不同的印迹，初踏时，并不知晓。我依然安稳坐在最后，不出声地背单词，算术，并一行行写小小的字。时节渐晚，课程亦愈忙碌，一张张试卷传过来，最后聚了很厚的一册。

回来后的一天，黄昏，飘起凉凉的雨。在外面，脸冻得醉红，我偎她在怀里。诺诺问："你好了吗？"

我说："好了，你看，没事儿了。"

谁知却并未利索。一夜，睡很浅，总觉得身上不得舒展。清晨，听到咻咻穿衣叠被声音，睁眼来看，手电昏黄的光闪来闪去。是元震早起，去考物理奥赛。他背着包，同我轻轻打一个招呼，我低低地说："好好考。"他便熄了手电，走将出去。门暗暗地响一声，归于静寂。我翻了身，也穿衣收拾了。天还早，大雾，昏灯暗暗。我站在窗前，喉里鼓鼓地疼，又烧起来，遍身无周全。我心里发恨，手头却无力。

第二天，便去到学校对街的小诊所，打起吊瓶。诊所里漫着清冷的酒精味儿，年老的大夫孤零零守在外间。我端着药，推门进了病房。弹簧拉着的门在背后咣咣响起，又颤颤消退。亦只有一个着白褂的护士，接了药，进了里间。房里几张床并行着，白床单，白被，四面白墙，显出冰般的凉。我拣了靠窗的一张，坐下。里间碎玻璃丢进垃圾桶，叮叮起响。

夜一点点聚拢来，窗边三棵杨树变黑了，渐融入夜色，看不到了。有人拍篮球从窗下走，一下一下敲在地上，嘭，嘭，传起来。夜纹丝不动。空空旷旷。护士开了灯，雪亮，冰凉。她坐在门边长椅上，低头发着短信。我翻了几页报纸，看大大小小的新闻，成功人士的访谈，煞有介事地说着。头疼，恶心，便丢开，仰在床上，看垂在空中的水，瓶里的泡泡急急奔走。一切都太静了。这奇妙的安静。沉静里，容易看到时间，也容易看清自己。

我摸出 MP3，护士正要换瓶，问我听什么歌。我说许巍，问她是否听过。她笑笑，摇摇头。我也笑笑，坐起来。剩了的时间里，一瓶清洁的水流进血液，这个男人用着热情又苍白的声音，唱着自己的歌，仿佛匆匆飞翔的雁，对着夕阳，喑喑地啸。

十二月中，头终于不再那样的胀。农历初三，月如新刃，早早地起，早早地落。我在灯影里走了很长的路，又折回来。买了一包烫热的栗子、一支糖葫芦，带回班里，给了诺诺。说不出的安详。翻一翻放下许久的书本，做起新的计划。复习落下许多，亦不甚急。寄出去的论文没了下落，比赛结果出来，同诺诺笑了一番，便忘了。北大那边交上些材料，过了些日子，传来消息，初审过了，终于在意起来。

清晨，走过木桥，便看见水上腾起一丛湿气。水不冻，仍暗自流。走来走去，寻思起，过不了多少时日，怕要下雪了吧。入夜，人都散去，便推开一切的书本和试卷，摊开一张纸，开始写一个童话。编得很快乐。十四夜，写完，读好，抄在一卷小纸上。十六，诺诺生日，黑夜浑浊时便起来，回班里，把厚实的小纸拿出来，连同瓷白的围巾，放在她的位上。而后带了一支笔，几页白纸，出校门来，找到闪烁的黄灯，上了公车。车便走动，前灯铺在夜里，挤着，夜和学校在车后渐远。

天将明时，车停在济南，我跟着众人走下，一同去考英语奥赛。太阳出来了，我在楼上，伏着栏杆，看粲粲地洒在众生众物上的光，闪出清冷的色。我想起诺诺，十九岁的诺诺，不知会不会因了我而快乐些。

晚上，刮起粗粗的风。与诺诺坐在灯光里，桌上堆起厚厚的书。我写着一些字。

诺诺忽然伏过来，说："昨天我梦见香香了。"

"梦见什么了？"

"她来给我过生日。"

诺诺终于笑了。

她走后，我坐在红楼前的石阶上。人散了，楼上的窗一扇扇黑下来。我背后是一间办公室，早已无人，灯却依然雪亮。这光芒要与黑空默峙上一夜。靠窗的桌上摆着一束梅，小红碎花，分不清是生是死。书包倒在石阶上。我想着香香，诺诺逝去的母亲，她那么柔弱。觉得想来无用，于是起身，拿起包，走回宿舍。

说笑。杰子忽然问我："诺诺过生日？"

我点点头。

"我不知道呢。木木刚告诉我。"过一会儿，他又笑眯眯，说，"不错，小子。"却不再说。

那夜睡不好，半夜醒来，不知身在何处，此刻何时。尽是黑，黑。我斜过身，寻到窗外一扇光明，渐清晰，安静。天尧在上铺翻身，床吱吱响了一会儿，又归于无声。我枕了双手，想。

我做了一个完整的梦。小小的诺诺坐着火车，车一直走，一直走，不会到站的模样。呜呜地响。

秋天时，我试图理解她，她淡淡对我说起火车。那时母亲刚在北京住院。我不知道，火车是带她靠近，还是离开。只是走着，响动，无尽无止。

我索性不再睡，坐起身，捡起枕边海子薄薄的诗集，翻出诺诺的信，点亮手电。微微的光打在蝇蝇小字上。平静地读，像读一个故事，沾了灰尘，很是久远。

　　看了你的字以后，哭了一晚上。真的有个男孩告诉我相信爱情，相信童话（那可都是幻想中的事情）。

　　还觉得累吗？爱莫能助。有人说有问题想不通时该像一头猪一样思考，简单一些。

　　我觉得为一个人活着可比一个人死难得多。我要给你写写我的爸爸了。

　　他和我妈妈一样大，都大你两旬。两个人十八岁订婚，那时还不太认识，如果一个见了另一个都要远远地藏起来。到二十一岁才收起羞涩，二十二岁两个人结婚，二十三岁我出生了，二十八岁妈妈突然病了，二十九岁时妈妈死了。我和奶奶最后一次去北京已经晚了。那年我六岁。

　　同一年，爷爷因为肺癌离开。两个人留下十几万的债给爸爸。我没有任何关于爸爸的、我六岁以前的记忆。后来爸爸慢慢有钱了，一些莫名其妙的女人经常带我出去玩。后来就基本固定了一个。后来那女人家里人和奶奶吵架了，因为我说她不是亲的。从此就学乖了，会笑着说出不喜欢的话。

　　我初四时，爸爸和我说话，有个学生自杀了，我就随便说了句这想法很普遍，我也想过。爸爸掉了一滴泪，那是我唯一一次看见爸爸哭。爸爸说："诺诺你看我都哭了，你想让我死是吧。"后来爸爸给我写信说什么时候想不通了告诉他一声，我们俩去集体自杀。那时我也不知道自己怎么想的，就是不明白人为什么活着。就想什么都是爸爸给的，把生命分给他一段也无所谓。

时间到了。

啰啰唆唆的。

快乐。你让我觉得，生活虽然拿走一些，但它给了我更多。

诺 七月三十一日 午

我倚着枕头，闭了眼。我叹了口气。爱与不爱，理解与不理解，一代人，两代人，无非都是些生活。稀松平常，险峻迷离，总要活着。她大概在睡着吧。有一只野猫倏地钻过窗棂，无声地走远。

我又能一一记起了。记忆那么乖妙，你不知你正经历的，正以何种姿态被记忆收容，又将以何种面目重现。或者一种气味，或者一片色彩，或者只是一串笑声，甚至用空白代替某种深刻。细碎而片段，不动声色的记忆。而生活却连贯着，我不能一刻停留。

那都在我的十八岁。十八岁时，我见了许多的路、许多的河、许多的人，明白了历史的荒谬。生死饮食，平常生活。爱着一个女孩。有着最初的梦想。在一个县城做着无意义的劳作。十八岁那一年，大街上都是落日的味道。

黄昏，开始飘起了白雪。我站在窗前。一间小会议室，几张黑皮沙发，两片玻璃茶几，上面凌乱摆着些书本、白纸、钢笔、几个杯子、一部黑色电脑。门开了，凉风顺进来，很硬。韩金萍走进来，冲我笑笑，关了门，坐在沙发上，吃着面包看书。房间里绕着韩雪不清不浊的声音："忧郁的一片天，飘着纷飞的雪，这一泓伊豆的温泉，浸湿我孤单的思念……"

窗上沾了水汽。外面几个人说笑着，缩着脖子，呵着气，走进红楼。还是外面清醒，我想。夜正移来，雪地上现出些灰蒙蒙的影，雪片仍不紧不慢，无声地落。三片，四片。"第四天结束了。"我默默地说。

停下课来，随了两位师傅，每日寻个空下的房间训练，晚间，则看几部电影，且要写些影评。尽日里如此忙着，快些过了吧。雪片依然不紧不慢。

"吃过了？"

"还没，吃不下。晚上泡面。"我转过身，躺在沙发上。

"怎么看你很累的样子？"

"没事儿，就是整天干得不如意。"

"放松点儿，它是有用的。"

"这倒是。"

"既然选了，就要去。反正我这么想的。"

不说话了。窗外走过的人只能看清一个黑影了，有几片雪花飘进灯光来，又迅速滑下去，陷入黑夜。

"你想做编导吗？"韩拾起吉他，正在调弦。

"只是喜欢电影。"

她笑一笑，"挺适合你的。"

"你把心放下吧。"她说。

低音弦嗡荡起来。"我们差不多都会进去的。学校——那些人，叫家里交过钱的，"她看了我一眼，"送过了。"

我不知自己听到了什么，听到的是否是她说的。

"真的。"

我说不出话了。

"家里人没说吗？"

"没有。"我忽然想起父亲，寒冷的冬天，同母亲谈着，母亲点头，两人默契而衰老地对看着。

"我不干了。"

"都这样啊。想开好啦。还有笔试呢，笔试要靠自己的。钱主要给了面试，一个姓陈的。"

门忽然开了，风刮进来。外面多冷呢。我想。冷点也好，只要是干干净净的。

第二天，出门时雪已经停下。我背着书包，在雪上走，拣些无人踩的地方，用手拢起一团，捏成一个硬硬的球，冲着太阳掷去，阳光乳白。球落在地上，散开来。脚步移着，白雪吱吱陷在脚下。呵出白白的气。满心安宁。

找到一间化学实验室，很长，地上摆着试管、小槽、玻璃棒，桌上盖了一层绿皮。久久不动的空气，很冷。我随一个师傅，在里面练发声。他不断喝着打开腹腔打开胸腔。声音在教室里来回荡，响得低沉。下午，便去铺着红地毯的练功房编演小品。尽力做着，不觉，天变黑了。

如此往复，一日一日，我昏昏沉沉。几日后，收到"笔试已过，准备面试"的通知单。雪依然不化，天凝冷得很。太阳初生，雪地白净，渺渺远远，便牵了诺诺在雪地上跑。雪穿了绿色的大衣，轻轻盈盈。我常常记不起时间，现在想来，只是一片宽广的雪，一个小小的人儿。那是多么白的一场雪啊。

我坐在一张玻璃圆几前，几上打开着纸页泛黄的《世说新语》。我伏着身，正端着头望灰色的厚瓦，一排排在逼仄的土地上。干燥的风呼啸一声从窗缝钻进来。我走过去关紧窗，啸声即刻消逝。窗下有一棵落尽叶的灰树，树孤单立在一栋楼淡影里。越过灰瓦处，有一条小街，有车声传过来。天响晴，极高，光透亮。北京，北京，又是北京。

那么多的黄土。火车在冰冻的大地上行走，华北的平原，沃实的厚土，大小河流，横斜着，水落下，只留了底，结成明晃晃的冰。与天相接的地方，灰蒙蒙，是一丛丛树，若近了，必是直直的、硬硬的大树。偶尔闪过几个村落，小小的，灰暗的，偶有几块红瓦，闪出鲜艳的色。堆起的茅草和枝秸，无力摇动着，上便是天，下便着地。北国的风与日，萧瑟的冬天。我靠窗，许久，觉得嘴唇干了，张张嘴，咽下一口唾液。天地寂寥。

罢了，罢了。我回过神。奇怪我这么沉静，心里不起一丝澜，不知自己为何而来，只是一定要来。而我醒来，已经在这片皇土上了。

天黑得严实了，灯光开始闪烁。城市在夜幕里活动起来，光影与空气一起冰凉地抖动。我抬头，见了两颗星子，透过红绿，似两个被遗弃的孤儿。不起眼的街角，我和父亲进了一个矮矮的小店。小店闪在暗影里，进去却明亮了，光很柔。人不多，有人对面坐着，不说话，有人独坐，桌上一杯白酒。邻店的歌声一句句打在窗上，喑了。老陈升哑哑地唱："把酒当歌的男儿，是北方的狼族……"

回去不久，便去了离宾馆不远的一家上岛咖啡店，见到陈教授。围了一条毛巾，斯斯文文，戴着四方眼镜，目光锐利，讲着柔软而低沉的普通话，带了南方的音。若不是那些交易，我宁愿欣赏他的书生气质。他真不该这样，我对自己说。三个人轮番编了几个故事，做了几个表演。我瞧着。

天黑了。父亲看电视，眯着眼睛。看我拿起一本书，便小心把电视关掉，在床上，闭起眼睛。过了些时分，我叫了父亲，要他先休息。这时候的乡下，已是静了，北京已然黑下，却不夜。父亲洗过澡，走出来，躺下。腰竟有些弯了。

"看会儿，也早些睡。"父亲说。

我答应着。我知道父亲觉短，我张灯的时候，他一定睡不着。

我把顶灯关掉，掌起台灯，冲了一包便宜的绿茶，就着，看起《世说新语》。夜静。

隔日，天阴了。傍晚，天角有些暗黄，在酝酿雪花了。不久，刮起瑟瑟的风，盐粒洒下，街上便湿了。我站在宾馆对面的街角，给诺诺打电话，跟她说麻木的感觉。诺诺说下午刚下课，要吃饭了。我仿佛见到那热气，很暖。

雪终于没有下大，天只是浑浊，云很沉很厚。二十一日晚，考了影评。第二日面试，心里平静如水。出来，驱车往宾馆走，正对南方，太阳终于还是露出来，天地里便亮了。出租车司机不断地说着，一路等了无数红灯，他亦侃了无数。我用心听他说，他是天津人，油价涨了，不好干了，民工多了，明年奥运了。父亲一笑。

事情似乎已经结束,而无所知觉。平常里,便趴在床上,看《世说》,喝开水,偶尔冲一泡茶,总是劣的,也喝不透。等另两人面试。在北某大校园里行走,阳光刺人,刀割一样打在脸上。湖里结了厚厚的冰。

临行前一个午后,上街,拿回一瓶二锅头,一瓶清酒,又给诺诺置些东西,皆收拾在包中。夜降下后,父亲睡了,我开了电视,静音,自己来看。许多事很久都不做,就像离开了那个世界。日子长久,我一个个来回闯入,离开,不由得不眩晕。

清早,坐了出租车去火车站。司机年老,听着评书,书中正讲着水浒,时迁摸了旅店的鸡。车匀匀地驶过夜里的长安街。父亲慢慢对我说:"从窗里看看吧,我和你妈看了许多次,看到了毛主席。"我扭头,看到倾在街上的光芒。

这是一个真正的冬天。南方下起大雪。北方,大地干燥,苍老的河,像一条条伤痕。风每天都要刮起,抚过田里每一寸土,正午,旋起路角皱皱的白纸。故乡,小村的东头有一块坟地,小时候,天擦黑,便害怕,不敢过去。长大,只觉得土丘愈来愈矮,土坍下来,碎了。夏天,农人在坟地边扬场,阳光下是饱满的麦粒,把一身汗有力地洒在土地上。这个冬天,我站在一个坟头望向东方,绵远而灰色的北方大地,太阳孤单悬于灰空。下雪,清晨的雪地上总有野兔小小的爪印。你便能想到多年前老人讲给你的古老的故事。冬天,冬天总有很多的故事。

在家稍一停留,便匆匆回了学校。景色依旧,有序地作息起落。年关近了,求学的孩子回家。每天在教室,坐下就不起来,终了,方伸起腰,走出去,面对惨淡的日。暖气使班里空气炙热,要烧开的样子,热雾弥漫。窗上一道道滑下的水迹。门偶尔开了,冷风忽卷入身子,激灵一下。凯子在门口,急着关上。

我整理起书本。两个月,累积了一摞空白的试卷和讲义,叠起,有一拳高。把它们都压在箱子里。书摆正了。杯子里的热水冒出白白的水汽,缓缓上升。我与干净下来的桌,与系统的书,对立了许久。

我不得不考虑我的未来了。

　　杰子看《盗墓笔记》，夜里熬到很晚。开始学抽烟，常在阳台上关了门对着窗吸，怔着发呆。小泉熬夜的日子越来越多了，搬着电子辞典玩画面单一的三国争霸。有时夜里醒了，还能看到两个撑起的被窝，边上有光芒露出。每个人都在寻找出路，有光亮的时候，却都睡着了。

　　我与诺诺吵架了。冬天里我自私而脆弱。夜，人都散尽，诺诺向我讲故事，讲以前喜欢她的人，她喜欢的人。我只是听着，心中渐渐生出不明的烦恼。诺诺说我又不高兴了，她早知道会这样。她哭了。

　　我说："没有。"

　　呵呵，我多么希望掩饰自己那些日子的虚弱，向诺诺，现在向我的回忆。可是我不断想起那个夜晚，我多么倔强和好笑。很久很久之后，我还会脸红，为着自己的年少。向着悬崖大喊，天地间却荡起宽厚的笑声。

　　"你不相信我，你为什么不相信我。"诺诺说。

　　"你抱着我，我就在这儿。"诺诺犟着。

　　我抱紧她。

　　下楼时，厅门已经锁上了。瘦瘦的保安带着棍子走过来。平日里同他打招呼，看着别人给他塞烟。他说说不明白不能出去。滚他妈的不能出去。我的身子紧着，同他吵着。深夜，吼声在楼里荡来荡去。诺诺站在一旁，拉着我的手，看着这一切。夜愈深，我留了姓名，牵着诺诺走了出来。

　　我已忘记那夜是否有月，是否有星，走过小桥时，水有没有响动。我木木地站着，看诺诺跑出校门，那里爸爸在焦急等她。我走回宿舍，一夜不能睡。听些音乐，看我信赖的那几人多年前写的无关痛痒的文字，渐渐理出思绪。

　　后来，再后来，愈像一场梦。诺诺的爸爸见了我。诺诺，大康，我，几个人在饭桌上。这是怎么一回事儿啊，我的脑袋发胀。走出去，买了一包硬盒小熊猫，在小巷里走着，点上，燃去半支，无什么味道。把烟蒂扔在墙角。这小年的夜，城里远远近近响着炮仗，烟花带着哨音，稀疏闪在空中，寂寞地消失。

回学校，大康同我走着小路。他一言不发，一支一支地吸烟，忽而问我："有什么想法？"

"没什么。"我想了好一阵，说。

冬天终于以一种决绝的姿态逝去。我吸了许多支烟。在众人安静温习自己的梦想，喧哗且发泄的时候，我孤独吸着我的烟。有一天晚上，我从操场上走回，有人抱着膝在哭泣，浑浊而压抑。我在哭声后面站着，熄了手里明灭的烟，踩扁，轻轻地离开。那时，已经放寒假，最后一批人正等着天明后回家，过年。腊月二十七了。天仍然那么寒冷。

立春

正月十三，回了学校。几个保安在门口，同我吵过的一个站在最外。我走过去，他冲我点点头，问事儿后来怎么解决。我说不知，大概班主任压下来。他看着我，又点几下头，说："行啊小子。"我不言语了，做个手势，进了学校。

离开学还有几天，学校人很少。河道里多日未扫，漂着些枯叶，水下去一截。打开宿舍门，便觉清冷，似一室的气滞了一冬，不知窗外暖风已起。寒假走时的匆忙，痕迹仍遗着，胡乱扔在床上的书，地上散乱的纸，印了脚印，横着断了半截的拖把。被子冰凉，抱出去，伸展晾开。复回，开了窗，打扫起地上的杂物。小泉枕边的表嘀嗒在走，看时，却已不准。我把它调好，放在窗台上，便出了门。

我记得那是美丽的一天。沿街，已经布置下花灯，有些扎在粗朴的梧桐上。台子正做着调试，准备元宵节时的绽放。街上同广场上，人很密，皆欢笑。上元节即到了。那天，诺诺穿了灰色的大衣，在广场中央暖暖冲我笑着。我去买回一只简陋的风筝。诺诺把风筝托起，我扯着跑。跑过一段，风筝愈低，终于旋着扎在地上。诺诺亮亮地笑。

跑了几回，终究不能把风筝送在天空，却出了一层细汗，诺诺的脸上闪着素光。于是找个木椅，坐下来，把风筝拆出骨架。

"放不起来。"

"累不累？"

几个小孩在踩木桥。诺诺张着眼睛看着他们，嘴角弯出一个笑。

"天好了，人也高兴。真好。"

我与她说着过年时候家里的快乐，家里的沉默又谐和。诺诺看着我。

"除夕没睡吧？"

"嗯。"

"做什么呢？"

有烟花好闻的味道，说起电影，零点，外面放起炮仗，我在听《如歌的行板》。

有一个老人带着孙子放起一只气球，从诺诺的面前走过。

"我做了很多数学题。"

"做得好吗？"

"不知道啊。"诺诺回脸笑笑。

我想去为班里买几盆花草，春天，总要多些朝气。便沿街走去。诺诺在我右边，微后，跟着我的步子。走过一家书店，一家超市，一个邮局，转过，路延伸去，一排老梧桐。

"这条路我很小就走得很熟。"

"你说过的，自己从这里走，到新华书店，是不是？"

"那时这小书店还没有。"

"我们以后开个书店吧。"

我笑了。

"我们只卖好书，给小孩儿看，给像你的人看。"

"像我？"

"书要找到主人的。"

"好，只卖咱们喜欢的书。"

诺诺高兴，幻想着书店，仿佛它已伫立在街边，只等着我们走进。我听她讲。

"你想过以后吗？"

"开书店。"

"还有呢？"

我想一想，"找个活儿，养着一群老人和你。"

"还有呢？"

"我没多大志向，诺诺。恐怕以后我们会很穷，"我说，"你跟着一个穷书生。"

"那就开个穷人的书店吧。"

"我有些担心。"

"担心什么？"

"没有把握啊，高考，我怕爸爸失望。"

我停了停，"如果我们不承认那种成功，那失败也就无所谓了，是吧？"

"可是——"

"别担心。"

去了一个小小的花店。店里上下铺摆开大小的花草，仙人掌、兰草、红豆。一冬过后，刚开始有些振作，灰败的叶里多了水分。选了两盆常青藤，付了钱。出来后，送诺诺回家，又拎着花盆走回学校。正月，街上微醉，叶在阳光下晃，绿色闪来闪去。

回学校，踏过桥，把两盆青草挂在教室南面的窗上。开了窗，风移来，叶稍晃动。我坐在桌上，看着摇摆的藤，着了尘的窗，有些累，又生出对未来的向往。那还在正月，空气里充满新生的欲望，大地正在醒来。

迎春花开了。未谢，大风便刮起。风起处，春便一日一日回来，天地里尽是它的叫喊。风劲，有沙，抬头看，白茫茫的日，晃眼。中午时候，学校在日光下空旷而白亮。静下，只听得风拽起木门，吱悠地响，仿佛一只哨子，将要唤起一切生灵。

春日午间，在宿舍看书，初时是《棋王》《树王》，阿城读过几遍，就看凯路亚克的《在路上》。有时躺下听音乐，听些 Beyond 和许巍的摇滚。阳光热烈，刮进屋里，便极亮堂。铃将响时，便闭了眼休息。一日，竟做梦，自己听到铃声，却不能从梦里脱身，睁眼，看清四周，梦中颜色清晰。

午后，我把它讲给诺诺听。诺诺惊异地说："梦见的是什么啊？"

"一辆蓝色的卡车，停在麦场上。我只在那儿装麦子。车上站着一个人。我梦见健仔了。"

我梦见健仔了。想起多年前一同读书的兄弟，一起租车回家，槐花开的季节，他抽烟，对窗唱着《今天》。我在前面，默听着，闻着随家乡愈近而愈浓的花香。他喜欢 Andy，都叫他健仔。

"以为忘了以前的人。不知在哪儿了。"

整个春天，每个中午都有风，我每日都做一个浅浅的梦。梦里分明明白这是梦境，却不能由梦里回到现实，这有风有日的春天。醒来，头只是胀。每个中午，起来，记下梦里的颜色和声音，把它说给诺诺。我说，今天是一个旷野。有时是一条大河。还有认识却多年不见的人们。有些险恶的中午，梦到无故地走到水里，想回头却总不能移回。诺诺说我眼里有血丝了。我想也不是坏事。后来，闭眼前，就在猜测会梦到什么。而梦总把自己引到寂寥的某个地方。

迎春花落后，油油地生出叶。红楼前的两株丁香，一株在那个春天死去，一株已生出细芽。每个中午，收拾好梦，洗把脸，便由迎春和丁香身旁行过，匆匆回教室。风刮起的沙伏下，或许是多了些新绿，风渐渐失了野，柔弱而温暖。不久，天阴起，下起雨。

我几月里少买些书和饭，省下些钱，又借了一些，买了一辆单车，红色，轮胎最粗的山地车。清晨或傍晚，脑里空洞而胀痛时，便取车，出去远远地行一段路，又慢慢骑回。三月，田里浇了头遍地，麦子已经昂头，我丢开书包，骑车，行了五十几公里回家。我没有停歇，只是在公路或土路上前行。到家时，我是那么疲累。那些日子，我是真的累了。躺下睡了，除了无际的春野和点点绿绿的新麦，什么也记不起了，只有这些句子，一个字一个字地乱撞：

　　早晨的雨下午的光和傍晚的落日
　　微小的风晃动的水和最好的季节
　　少年的乱青春的散漫以及长大的一天
　　如歌的行板如云的散以及一本故事书的无穷无尽
　　大风扬起的黄土雨水冲走的泥和在春天腐烂的叶
　　一树的白花一树的繁华和一季一季的来往
　　混沌初醒的渡口黄河的水和大坝上的草
　　牵风筝的线遥遥看着的云和尽日不散的风

　　我还了买车的钱，又狠心买下几本书，手里只剩一点钱。于是尽日吃咸菜、馒头，晚上则是泡面。落几时雨，晴好，又落雨，几个回合，绿意整齐出来。月底，柳絮飘了，有些从窗里落进桌上。阳光白烈，春意阑珊。

　　四月，最后一场雨，诺诺送了陈晨回来，落了几滴泪，看着我说："真快。"陈晨说放弃了高考，等着明年，再考北影或中传。书本和杂物，包了几包。我出去了，回来时，已经收拾干净。雨丝丝绵绵。

　　四月末，我骑单车回家。时正黄昏，大路两侧生着粗大挺直的杨树。杨叶弥天。晚间的风在叶间穿过。夕阳烧尽，有些落寞，路被大树遮得暗下，幽黑。几个放学的小娃，在路边挥着树枝打闹。路远远地延伸下去，我俯下身子行着，满眼尽是绿，无尽的绿。

立夏

　　夏天，我一直在读菲茨杰拉德《了不起的盖茨比》。有几个干净的晴天，几场通透的凉雨，窗外日光缓缓变幻。我自不去管，径自做自己认定的事情。只在午时，偶侧过身，瞥见留在地上白白的迹，一晃，便闭了眼。许久许久之后，关于夏日，却只有这一刀闪过的白光存留。且随日子愈久愈长，光便闪得愈真切，明亮，仿佛地上的一处刀疤。或许，有些中午因着阴雨而灰蒙蒙，或许晨光清淡，暮时变了浓重而悲凉的色调；除去俯下头做事，看过几遍《了不起的盖茨比》，我还在晨光、黄昏与月光下呆头行走。这些真实的过去，却不再赋予其存在的意义。现在，我闭了眼，闪出平静的光色，渐渐弥漫，又悄然逝去。这便是整个夏天。记忆，永远比现场深刻。

我不再上课，见大康，说不如找个地方，自己来弄。大康点点头，许了。于是寻了一个会议室，与办公室熟识的老师借了钥匙，每日抱些书、纸、笔，一杯热水，进去，锁了门。会议室在四楼，不常使用，桌上座上落了些灰尘。选一个对窗的位，抹去细细尘埃，将书摆正，坐下来。半日里，多时起身一次，有时坐定，便是半天。过些时候，捧起铁杯。灌几口，咕噜声响，自己听得真切。对着窗外看，看得远了，城正中的白楼耸在空里，也隐约可见。天空，天空下校园，小兽般的人。待一会儿，又伏下来，做英语数学题，或背一本历史。隔壁亦是高三教室，门口挂铃，上课，下课，铃声作起，室里的空气也随之紧起。过些时日，便有些考试，几个老师来会议室分考卷，便收拾了，帮着摆起桌椅。

三叶草长得很盛，天暗了，路边先团团黑绿下来。黄昏时空气里有了汗的腻。校外的车，校里的人声，都薄颤，且沾了汗的咸涩。于此时回教室，室里掌起白莹莹的灯。一日，灯刚亮起时，传起四川地震了。初时无人在意。夜里无风无澜，安然睡下。是日，万千生灵死去。

几日后，天光明亮，学校捐款，闹嚷得厉害。红布，激昂的曲子，泱泱汇起的人。我在会议室，临窗见了，又坐下做数学。声都消了，知道事毕，人皆散了。忽而隐约听得几声喑哑的摇滚，心头一动，停笔细听。声起街边，忽亮忽淡，"谁人定我去或留，定我心中的宇宙……亲手写下每段得失喜与悲与梦儿……"听清了是黄家驹。我走去开了窗子，临风，静静听完，又回坐，把题做下去，心里坦然。

几日后，把东西都搬回，锁了门，还去钥匙，离了会议室。日子无几，便在班里，尽日安然。早晨，太阳高了，下楼买一份报，路上翻一遍，体育与文学版里细看下来，回班，便分给众人。有时看一篇文章，与诺诺坐着，说些好处，诺诺便听着。有时又说起以后——"以后，"我说，"想走远一些。"诺诺便说，若分开时，她便等着。上午的阳光照来，锐利而坚硬。

日头越来越硬，洒出来，如砸在地上。汗水挤出身子。空气里有了离去的萧索滋味，伴着某种兴奋与狂乱。宿舍门边悄然竖起纸牌，歪扭的大字：收书，九毛一斤。中午，便能见搬一摞书走去的人，书在门前扔了一地。杰子和小泉从床底和阳台角落里翻出许久前的书本，摞好，搬去卖了。书上落的灰尘在阳光里抖动。晚上，我撑了手电，趴着看《了不起的盖茨比》，黑夜里便传来呼喊，跑调的歌唱，随即酒瓶从楼上扔下，哗地碎了。

后来，我走了很远，才渐渐明白，我们的活着，很长的时间里只做着遥望，以为以后——"以后"，一定存放着自己追求的美好。我们靠着它们去抵着风化般的生活。待我们赶到"以后"，却依然无聊，回望，便把过往当作一段美好。

许多故事是没有结局的。

六月，促不及防，那么迅速地闪来，又闪过了。曾设想许多次的结尾，来时平常，疏松，我们无地自容。教室收拾清了，几个人坐在空下的位上，有人喊着起立，上课，笑起来。笑声在空空的教室，荡得惊疑。而后，出去找个店，各人饮过一杯，抽完一支烟。黄昏，下班，车与人俱挤，缓慢行着。我从南北的街上行过，馄饨铺老板依然站了，搓手迎客。街角支着一辆老式的单车，一位老人卖着白亮的热馒头。冬天时正建的楼，已经立起，出落得崭新与年轻，在老旧的街上晃眼。夕阳正铺开它最绚烂的开放，凉意弥漫。

人都在操场上聚着，开会，扩声器传出祝福，单薄，模糊。我去了红楼。几个人正拉起黄线，将要封起这楼。我与门口的大娘说了，进楼，三层向西，最后一间教室。离开时无人认领的杂物，一只铁杯，一对毛线手套，一个羊皮封面的笔记，已被扔掉。地板刚拖了，泛出腥味。门锁了。黑正张了宽大的怀抱，拥起这个世间。我默默透了玻璃望望。下楼时，见了两个女孩，哭得稀里哗啦。我一个字也说不出来。

几日晴好。考完，风清云淡。路上堵车，人皆闲着。大康在侃，昨晚欧洲杯开幕了，捷克赢了。午后，人开始离开，一个个道别。收拾起来，找起再不会用的书，抱出去，送给收书的老人。床被卷了，背包离开。日头辉辉煌煌，白白烈烈。有些风，柳枝甩一甩叶，光芒笼着一切，一切宛如一个急速而晃动的梦。

完。

多日后，我又一次回学校。进去校门放了单车，径上红楼，拿了录取通知书。去小印刷厂，复印，见了几个熟人，打个招呼，几个新人，好奇看着。行去宿舍，门上拉着一条粗粗的铁链。我推一下门，铁链哗哗响起来，厅堂很暗。出来，看到教师公寓，楼下依稀留着几盆小红果。默默行过，在红楼厅堂下的台阶上坐下。

那是炎夏，离微热时的立夏，已经很远。校园里显出无人的旷，草长了，冬青没人来剪，枝条四处张扬。午后的日头照了，散出某种成熟，某种衰朽的气味。

诺诺留在了济南。我独自下了江南。临行时，与大伙儿吃散伙饭。见了那一年的老师，都已去教高一的毛头。我喝得大醉，躺在诺诺的怀里。那日天晴，天很高，黄昏美好。诺诺穿了一袭白色连衣裙。

不知过了多久，我已在列车上。入夜，车厢里人多睡下，静极。忽有人呼大桥。扭头看窗外，火车正过长江。有轮船在远处行，鸣起夜行的笛，悠长，渺远。

手机忽作，看时，却是王鹏的短信。

极短。他说："还好吧？"

夜正浓，笛声不时传来，又远去。我仰头，微笑起来。我忽然记起一个秋天。那个秋天到来之前，宿舍的窗总在夜里开着。每个早晨，我总在某个时刻醒来，而后，看到窗外的一框昏黄。

作者简介
FEIYANG

　　李连冬，常叫冬子。1989年冬至出生在济南，现在南方念书。经历平凡，总不超出大家对二十出头年轻人的想象。俗人一个。写了点东西，一来过日子，贴补家用，挣不了多少，够几天烟钱；二来学些手艺，不至一事无成。手笨，总不大成气候。(获第十三届新概念作文大赛一等奖)

第 3 章

遇见

只要有一颗温暖的心，

所有的旧物都成了对过往温馨的寄存，

而老屋则包容所有已散去的记忆

老屋的旧日时光 ◎文/丁威

　　每每想起老屋，便仿佛瞥见一段斑驳的旧时光，喟叹着日暮乡关，一季季的沧桑变迁，而唯一不变的也只有老屋，那所老房子了吧。

　　总喜欢在黄昏将尽、夜色渐浓时走向一处所在，安然地看这个宁静的世界，便如同这世界独我一人。黑夜里树的剪影在风中摇曳成一簇拥挤喧闹的姿态，哗然得像一群对着太阳绽放笑脸的向日葵。好像谁的一个笑语，逗乐了所有矜持的树，它们都是羞怯的少女，连笑声也脆咯盈盈。独自面对一方池塘，夏夜里便有蛙此起彼伏的喧嚣和聒噪，是另一种自然的天籁。夜游的虫寻觅着一丝一缕的光。对于它们那些豆大的微火便足以抗衡整个太阳。蟋蟀躲在角落里，蝈蝈躲在角落里，纺织娘娘也躲在角落里。其实它们才是这个世界真实的声音。那些白昼里刺耳的鸣笛，爆裂的鞭炮全都是世俗的音响，而真正的声音是在这夜的宁谧里，是独自一人的喃喃自语，是用最澄澈干净的声音来欢度这夜的寂寞与漫长，是在这夜的纱覆盖一切时安然地且听风吟。

　　我也总是会想起小时候的夏夜。老屋是一间残旧甚至将要倾颓的土房子，被一扇泥与秸秆垒成的隔板挡开。里间算是卧室，狭小、逼仄、阴暗、潮气很重。顶上悬一个25瓦的白炽灯泡，在夜晚给予光明。现在回头去看，那一点豆大的灯火甚至都照不清我年少的模样。那时，却可以真切地照出我单纯的知足、幼稚的幸福、微小的希望。就在这狭小的里间，还被两张床占去了几乎所有的空间，只留下不足一面桌子大小的地方，可是，那时，却从不觉得生活的无聊、艰辛，反倒是现在，有了不知足，这空荡荡的房子也因而变得凄清、冷寂，甚至萧索了。在里间的南墙上开了一扇窗，所有的阳光和明亮都是从那扇窗跳进来，用细细的铁丝隔开，那年头农村很穷，偷窃一类的事情很普遍，但我家却只用了这条细细的铁丝，可以想见那时我们家是怎样的一种窘境。不过，那时，我们家唯一的荣耀是那台 21 英寸的彩色电视机，在那个年头，家家户户还只有窄小的黑白电视的时候，我家就有了这台彩色电视机，我现在都能想到，那该是耗尽了我家所有的积蓄得来的珍宝了吧。那时，因为没有人和我玩，我也总是被关在家里不允许外出，这台电视机陪我走过了我最初孤独的童年时光。孙悟空、哪吒、猪八戒，这些我儿时的偶像现在全成了散在记忆里的模糊的影像，而每每想起，那最初的欢喜的心悸还仍历历在目，只是当我一天天地长大，那最初的心悸是再也回不来的美好念想了，只能留存在记忆里回味，给今日的凄清些许温暖的宽慰。

　　有时候，我会想，也许，所有的长大都是被迫的。当时光穿越、岁月流转，脚步不停歇，长大像一张网笼络住你年轻的身体，风从网眼里吹进来，把你年轻的容颜风干，你只能被迫着长满胡须，皱纹堆积眼角，当你回头，属于童年的房子已经倾颓，只空余断壁残垣和墙头上那被风吹得东倒西歪的草茎。也许，有一天，母亲、父亲也成了老屋般苍老的模样，那时，我们的少年时代真的就随着光阴的消散再也找不回来了。哭泣或者痛心，握一掌冷的雾，也许只是因为它有家乡雾气的温度，那么，从老屋上掉落下来的每一块土，都是我童年时光成长的见证。它们都静静地待在那里，只是望着，不言不语，甚至每一场雨的来临都让它们变得冷冰冰，而只要有一颗温暖的心，所有的旧物都成了对于过往的温馨的寄存，而老屋则包容了所有已经散去的记忆。它独立、残旧，甚至熄灭，而最后闪烁的微火，却真实地印证了曾经存在的点点滴滴，每一刻都弥足珍贵。

外间给我的记忆最多的是来客人的时候，也是因为狭小，因而每次来客人的时候，就更显得热闹异常。觥筹交错、杯盘狼藉。头顶上那一盏 25 瓦的白炽灯泡晕开昏黄的光来，在每个人的脸上照出醉酒后的滑稽模样，那样的夜晚喧嚣而惬意，我可以吃平时不能吃到美味食物，可以趁父亲酒醉之际多看一会儿电视，甚至可以在夜晚早已经黑沉沉地落下来的时候跑到邻居家去玩耍，还不至于挨训。而对我来说，外间则是我童年最初荣耀的来源，那甚至是我童年时代唯一可自豪的东西了。那是我小学的时候，那时我的学习还很好，奖状贴满了整面墙，每个来我家的人都会看见那些意味着我的荣耀的东西。他们会说，你的孩子学习这么好，以后肯定有大出息。那时候，我能看到父亲脸上洋溢的荣耀，那是一种比光亮更耀眼的灿烂。后来，再后来，我的学习再也不好了，甚至是很差很差，在那条街上我抬不起头，我觉得我把他的脸全丢光了。我开始带有更多歉疚地怕父亲，觉得自己没用，不能再给父亲一丝的荣耀。父亲的叹息和皱起眉头的日子越来越多，那时，我觉得自己的心在一寸一寸地往里疼，他给予我的我不但不能回报给他，却还把这些给予当做理所当然地挥霍一空。后来的某一日，父亲坐在阳光下，我从后面走过去，猛然瞥见了他的头发竟然已经发白，而在我的记忆里，他一直都是一头乌黑浓密的黑发的，而现在，他终究也还是被岁月的双手催生出了苍老，而这些颓然的苍老里又或多或少地融进了我的不争气的缘故。在年少，我要给我的父母多少失望与不安呢，仿佛这才能被称之为年少，固执、任性、挥霍、叛逆、倔强，甚至明知错了依然一意孤行，最后撞到南墙，头破血流。回到家里，他们依然如故地爱我，他们连同残旧的老屋，成了我受伤后唯一可以告慰的港湾。那盏温暖的灯火会一直彻夜为我亮起，只有他们知道，夜深了，孤独的孩子最需要的是家，他们照亮的，永远是回家的路。

屋前是错落的砖头路面，碎碎地铺了烂砖块，碾压、夯实、踩踏，这条路面开始变得平坦。而在我们家离开的时候，久经时日，它已经变得坑坑洼洼。雨水落下来，阳光照上去，明晃晃的宛如碎裂的无数面镜子。那时，我们经常做的就是滴些油在水面上，油洇开后阳光照着时，就会有炫目的虹彩映出来，这些简单的快乐甚至能填满我一整天的欢欣时光。

路折成九十度通向厨房，那是一间更加窄小的屋子。泥垒的烧火灶台、木制的切菜案板以及各色杂物挤挤嚷嚷地堆满这间狭小的房子。对于农村人来说，那些旧物即使没有多大的用处了，他们也还是会不舍丢弃，仿佛在那些旧物上残留着他们的往日气息，他们依循那些旧物便会寻访到那些已经湮灭的旧日时光。在那间厨房里，我每日的活计便是烧火。那时，煤球、天然气还没有存在于农村，做饭时，我就在槽前一把一把地往灶口里填柴。更多的是植物秸秆，松软、金黄却不耐烧，火舌舔着锅底，而火舌每次也都把我的脸烤得燥红，冬季那是温暖，可是，夏季那简直是折磨，每次都是汗流浃背地出来，仿佛是经历了一场夏季的奔跑逃命。在那间房子里，升腾起来的美妙的气味总是让我沉醉不已。辛辣的青椒、清淡的白菜、生涩的苦瓜、浓郁的肉香，人世的百味在这间窄小的房子里酝酿、集聚，而后化成养人性命的食粮，它教会我什么是人最小的期冀。五味杂陈，每一种都是生命最初的苟且。

那时，我家的门前是一大块空地，空地前是一个很小的池塘。我所记得的是夏夜晚饭后的场景，那时，每晚的饭后睡前，我都会搬一个凳子，坐在池塘边，然后开始扯起嗓子唱歌，一首接一首，唱那些听过的，甚至是没听过的。那时，没有哪怕一丝一毫的忧虑，多年之后的我呢，也还是会哼唱歌曲，歌却已全不是最初的那些，而我再回不到最初的单纯心性，生活的纠结把我变成了一个粗粝的人，那些纯真和青涩是我丢失后再也找不回来的美好，而我丢失殆尽的又何止这些呢？

池塘边种了一排杨树，在一年一年的成长里，高大、挺秀、伟岸，郁郁葱葱地扯起绿荫。在这些高大的杨树群里独独地长了一棵枣树，它挤在那里显得瘦弱不禁风，却能在每年的收获季节给我带来累累的甜蜜。后来不知道是哪一年，其中的一棵杨树上结了一个马蜂窝，是那种在农村被称之为龙蜂的马蜂，那个马蜂窝足有半个水缸大小，看起来结实、硕大、颀长。每到刮风时节，那些马蜂几乎全体出动，在空中黑压压的一片，煞是吓人，好的是它们只在高空盘旋，等风息了，它们就又回到它们日常的生活里，如我们一般，匆匆忙忙、庸庸碌碌，只是，我不知道它们是否也曾想过生活的真实含义，或者说活着的本质意义，也或许每一种活着都是至高无上的，只是我们给活着强加了那些所谓的含义，才活得这么累，因而既不能好好地活着，也不能好好地死去，这是最悲哀的无奈。

后来，空地被改成了稻场，再后来，稻场又被改成了菜园。而那方池塘则随着岁月的流逝变得污浊不堪，完全成了一个发散恶臭的粪池，鱼虾的踪影早已不见，最初的澄澈消失无有，最后的夏夜记忆也斑驳成了碎裂的影像，被童年的风旋到了不知名的角落，最后的最后，如童年一般残忍地死掉。

韩少功说过，月亮是别在乡村的一枚徽章。因而最好的当然是在有月光的晚上。这样的夜晚，将头向上仰，会见一轮圆月仿佛一口井镶在夜空。坐在月光里，很好的月光，像浸润的松油在宣纸上浅淡地反起一片光，摇曳着在这漆黑里弥散，透明的空间里是薄薄的轻纱，缓缓地盖住月光下的万物，这大地上便流淌着一首清冷月光的曲调。而在月光如水的夜晚，我常想，这样的月光会不会忽然流出水来，亦如悲伤的泪？有时会站在风中，任风吹如离离的荒草，那轮明月将光抛在地上如弃儿，那弃儿在大地上到处奔走，寻找母亲，这大地上便全都是月光了。夏夜里，沿街寂寥地行走、唱歌、看自己的影子在灯火里短短长长。想起一些人，想起一些事，想起一些话，会在脑海里想一段一段美丽的句子，而且那些句子飘过去就飘过去，遗忘。如果它们愿意让我铭记，它们会回到我心里让我记载。在静谧而淡然的月光沐浴里，自己的心会空空地失落。止水的心会被风声扫过，如淋落的雨水，在路灯下会想这条路没有尽头，漫长地行走，做一个苦行僧走在孤独里，孤独会像姗姗来迟的黎明，会在自己心里酿一盅酒，让自己沉醉在夏夜晚风里，仿佛一朵飞翔的蒲公英。有时会在路上想自己的得失，那些流走的光阴，那些泛黄照片里的笑容，那些湮灭在青春的似水流年的花儿……我想回忆是一种永恒，即使它像一帧相集般斑驳。那颗心还是会跳动着当初那一刻的节奏。在各人的心里总会有一块空地，让回忆在那里耕耘。蓬勃的植物开花结果，萎蔫的植物干枯腐烂，各有各的繁茂，各有各的生死，各有各的自生自灭。烟蒂结得很长时便倏然跌落，碎成一堆灰烬，风吹过时，细小的微尘便漫天漫地飞扬。跌落的是记忆，也是心情；是忧伤，也是欢乐；是自己，也是别人；是梦想，也是希冀……

　　我常对自己说，不要去渴望满月，那是一种太过奢侈的梦一般的幻境。天气不好时没月亮，没有月亮的晚上一切都仿佛隔着一层夜的雾障，笼在身上，盖在脸上，不轻柔却凄凉。在那样的夜晚，自己的眼便完全成了盲人的目，看不见什么，不期待便也坦然。若是渐渐有了一丝光在黑暗中裂帛般地扯开一个口子，光便缓缓流进来弥满自己的所见，眼睛便会看见，便会期待。如果不曾得到，便会失望，仿佛是月光在心上划开了一个口子，细小但清晰的疼痛在皓洁的月光里潮汐般地涌上来，覆盖通体，月光也会照着忧伤。月光清澈地荡涤着心灵。在柔软的月光里，回忆如雾般飘散。渐渐笼罩着心，心里会有薄薄的凄凉，像是一双手抚着潮湿青苔般亲肌的触觉，像是风抖落翠荷之上隔夜的雨水落得满身，流淌成一种永恒。

　　而在这样的月光与这样的夜色里，老屋便是一处神秘的所在。在黄昏落日里，斜阳的光款款地透过落满尘埃的窗棂，老屋里结满了蛛网，蛛网在余晖里仿佛金色的绒花，一丝微火便使绒花化作尘埃跌落。偶尔也会有丑陋且拘谨的壁虎，探着脑袋丝溜溜地爬过肮脏的墙壁，它们见证了房屋的变迁，也见证了人间的冷暖浓缩在这狭小的一室之内。

多少光阴在这墙面上流转。它们像一条河流映照出曾经的面庞；那些浸润在记忆深处的仿佛泛黄尘封的老照片，诉说这世间的一离离的破败抑或繁华，桃花兀自芳菲，梨花雨随风而落，年少的身体跨过成长的年轮，站在历史河流的源头，探首张望的是一颗不肯忘却的心。坐在老屋里，时光仿佛又回到过去，那些深冬的苍凉里，一家人温馨地吃饭，看着沸腾的热气从锅里袅袅地升起，这些熟悉的场景像一帧影集。在老屋里一遍又一遍地回放，结尾是一个孩子在温暖地流泪。坐在老屋里等待血红卧野、暮色四合，自己仿佛一个蛹，被包裹进夜的浓稠黑暗所织成的网，黑色仿佛帐幔在老屋里覆盖，这样的黑暗中一个人才能发现自我——他的失意，他的得意，他的悲伤，他的欢愉……在黑暗里的心是完全纯洁的心，它拥有天使圣洁的躯体和天空纯粹的蓝。风从残破的门穿过，丝丝地抚在脸上，风也变得性感，有一种肌肤之亲的感觉。一个人只有沉在回忆里他才能更真切地看清此刻，他才会发现，风吹走的是划过伤口的疼痛和陷入太深的梦境，而只有在宁静里思考那些曾经存在的路，才会在转弯处为我们划一道完满的弧。老屋是一处栖息地，它收容脆弱、失败、无助的心，它也平淡地看待繁华、得意、骄傲的狂。它是慈祥的母亲，无论孩子荣华抑或潦倒，在那里永远会有一双凝望的眼，和一扇永远为我们敞开的温暖的门。

点燃一根红烛，微黄的灯火便在老屋里晕开，风吹来时火苗仿佛河底的水草摇曳着舞动。火光可以照亮黑暗，重现光明，可是那些遗散在风里的长满青苔的往昔是任何一种光都照耀不到的，它只在宁谧里熠熠夺目，闪耀着我馥郁的青春年华里最后的光辉。

记得很久以前自己写过一首诗《回归》：

一支歌唱久了岁月便被遗忘
在角落里的天地呈现出另一种景致
它埋藏忧伤与欢乐
像一位为爱殉葬的美丽情人

在回忆淡薄的阳光里跳动着炙热的心

笛声起 箫声落

一弯残月照半坡

月光倾城 心如止水

月光照着过去回归

想起老屋，自己的灵魂又再一次回归故里。

这样的日子，甜蜜而丰盈。

作者简介
FEIYANG

　　丁威，生于80末、90初之交，喜欢安静看书晒太阳的日子。志向颇高，天分不足。矛盾、敏感、脆弱、失眠、瞎琢磨构成生活的全部。(获第十二届新概念作文大赛一等奖，第十三届新概念作文大赛一等奖)

小情歌  ◎文 / 邵成潇

　　中午的时候刚哆哆嗦嗦钻进被窝，手机就"嗡嗡"震动着响起来，隔着枕头吓了我一大跳。摸出来一看，来电大头贴那一栏显示着一个戴着黑框眼镜的帅小伙，那是我为你专设的。因为我觉得你和他很像。接起来就听见你的声音。你说冻坏了吧今天，你说有没有加衣服，你说要不然把棉鞋也找出来穿上。我在这头哼哼哈哈答应着，心里想的是现在才十一月，别的小姑娘还有穿裙子的呢，你让我穿棉鞋？你又说我听你声音怎么变了，是不是感冒了。我说没有的事，我在被窝里蒙头睡觉呢，没敢让你听见我吸鼻子的声音。你说那就好，哎，你怎么又蒙头睡了，对身体多不好。我不耐烦地嚷嚷知道了，不蒙头了，现在伸出来了，行了吧，我睡觉了，你快挂吧。你说那好。电话刚拿开又听见你突然拔高的声调，哎，等一下，先别挂别挂。我说又怎么了。你说午睡要把门锁好，平时你总记不住，上次我去你那儿你就是敞开门睡的。我一下子很无力，大叫着你怎么这么啰嗦，是不是小老头啊。然后我听见你就呵呵地笑了，好好好，不啰嗦了，你快睡吧。

　　挂上电话就想笑，冲下床跑去锁门，然后把整个身体重新缩回被子里。胸腔里某个地方暖暖得好舒服，一点儿也不觉得冷了。我不想承认那是因为你的缘故。

那样我会多不好意思呀。你说对吗，爸爸。

你当然不是小老头了，爸爸，因为你是帅小伙嘛。你啰嗦是因为你在和我说话，只有和我说话时你才是这个样子。平时你总是斯斯文文的，我可真听不惯你那文绉绉的腔调，爸爸。每次看电视你都喜欢对着那些历经挫折磨难的悲情角色大发感慨，顺便念念诸如要珍惜现在的幸福生活，好好学习之类的紧箍咒。一般我都会毫不犹豫地赠你个大白眼，然后撇着嘴说够了吧，老头。你就开始笑，说我这是在跟你谈人生，向你传授宝贵的人生经验。什么经验不经验的我不懂，反正我只知道接下来我一定会扑过去掐你的胳膊或者勒你的脖子，烦不烦啊，这么啰嗦，我受不了啦，你个小老头！你从来都不还手的，你只会呵呵笑着说，快松手，快松手，我要喘不来气了。我就问你下次还敢不敢啰嗦了，你连连摆手说，不了不了，绝对不了。这样我才肯罢休，松开箍紧你的手臂，然后就顺势挽住你的胳膊，靠在你身边看电视。

基本上都是我看什么你就跟着看什么，初二的时候，每天晚上八点钟少儿频道都播《海绵宝宝》，你跟着我看了半年。每次听见海绵宝宝"啊哈哈"和派大星"哦吼吼"的笑声，你都会笑，听见派大星欢快地说"海绵宝宝，我们去抓水母吧"你也要笑，听见章鱼哥悲伤地感慨"今天又是悲伤的一天"你还是笑。我不知道这些你还记不记得，反正我都没有忘。今年暑假看得最多的是浙江卫视的《喜羊羊和灰太狼》，你说灰太狼是个可爱的倒霉蛋。有一次和妈妈一起看电视，我要看动画片她说我幼稚，我不服气地说你比我还爱看。妈妈说你爸那是陪你让你高兴，他都几十岁的人了，怎么可能还喜欢看这些动画片。妈妈的语气平平淡淡，轻松地就像在说中午喝排骨汤或者谁家女儿今天出嫁一样。我听完以后没有说话，在想那么下次看电视就把遥控器给你，让你转台好了。我来陪你看你喜欢的古董收藏的节目，我来陪你高兴一下，爸爸。

爸爸，我不知道是不是全天下的爸爸都一个模样，但是我知道你一定是他们当中最好的。爸爸，你还记不记得我上小学的时候，班上的小朋友都喜欢来我们家玩。我们家有一个小花园，里面种满了你喜欢的花草。铺满睡莲的水池里养的是五彩斑斓的金鱼，好漂亮。我的小同学们说他们喜欢我们家的后花园，但是最喜欢的还是爸爸你。他们喜欢同你说话，他们说爸爸你幽默又亲切，就像是电影里的艺术家。他们说他们的爸爸凶巴巴的，有时还会打人，好可怕。我猜那时他们一定连什么是艺术家都不知道吧。可是我特别开心呢，昂首挺胸，下巴翘上了天，那当然了，我的爸爸当然比你们的爸爸都要好。爸爸你都不知道，是你让小小的我像个骄傲的公主。

你喜欢带着你的小公主去花鸟市场闲逛，买回一对锦鲤或者几株兰草。离家不远的地方有一条长长的铁轨，夏天洗过澡的傍晚我们喜欢去那里散步。我拿着一把狗尾巴草，站在铁轨上面歪歪斜斜地晃荡，你的大手握着我的小手帮我保持平衡。清凉的风吹过我印着小碎花纹的棉布裙子，空气中便有了花露水的味道。淡淡的香气，很好闻。头顶上方是红得惊艳的火烧云，七月的天空像是失了火。我们沿着铁轨一直走一直走，走到暮色四合，月亮偷偷露出半张脸。那时的我以为，只要牵着爸爸的手就可以任性地不要长大。我想永远做你的小宝贝，让你宠着疼着惦记着，这些可以吗，爸爸？

写到这里我突然在想，爸爸，我们到底多久没有一起出去走走了。一年，两年，还是三年，我都不记太清了呢。小时候爱去的花鸟市场现在变成了卖服装的商业街，那条铁轨我们也再没有一起去过。是因为一天天紧张起来的学业，还是我终于开始学着去做一个一直抗拒着变成的大人了，你说呢？爸爸。

我那激烈的叛逆期在临近中考的前几个月终于毫无前兆地来临。现在回头看向那时的自己，顽劣、傲慢、自以为是又敏感。在学校里飞扬跋扈、接二连三地闯祸，同班主任的关系处得水火不容一团糟。爸爸你隔三差五就被请到办公室，和班主任一起为你的坏女儿急得焦头烂额。我又把坏脾气带回家里，稍有不顺心就蹬蹬地跑上楼，把房间的门摔得砰砰响，总之，用尽叛逆期的孩子能想到的所有伎俩。爸爸你总是帮班主任说话，这让我无法接受。我不明白，爸爸你为什么不能理解我，不能像小时候一样无条件地同我站在一边。所以我开始拒绝与你说话和你冷战。爸爸，你知道吗？那是我十八年的生命中最为艰苦的一段岁月。就算是这么久之后的现在，我都不愿再想起。

成长是一场华丽的蜕变，我却没有学会完美地转身。看到的是陌生的世界，听到的是陌生的声音，那么迷茫，那么无助，可是我的世界只有我一个人，爸爸你没有站在我身边。

每天放学经过那条熟悉的铁轨都会停下来站一会儿，有时候会看见年轻的父亲带着小女儿玩耍。他把她高高地举在头顶上转圈，她兴高采烈地欢呼着，于是我一个人哭了。蹲下来把头埋进胳臂弯里一边哭，一边想爸爸你讨厌，爸爸你讨厌，爸爸你讨厌。爸爸你怎么能让你的宝贝一个人在马路上哭。爸爸你怎么就不能明白我在想什么呢。擦干眼泪，回到家里又重新变回一只冷血的小兽，倔强地不肯低头。

后来又做了好多好多不像话的事情。包括剪了一个看起来很另类的头发。晚上的时候，爸爸你把我押到理发店，修剪完之后我一句话都没说，就先跑回了家，钻进被子里面一个人生闷气。过了一会儿，我听见楼下你开门的声音。你进门以后就直接上楼来我的房间找我，我转过身子背对你。你问我要不要喝点水再睡，我说不喝，冷冰冰的声音没有任何感情。你说那好，就先睡吧，把被子盖好，夜里还是很凉的。你伸出手想要帮我掖被角，但是被我打开了。我打开了爸爸你的手。我知道爸爸你一定很难过，因为我都开始偷偷地哭了。咬着嘴唇不让自己发出声音，我听你转身离开时那声轻轻的叹息。爸爸对不起。爸爸我不是故意的。爸爸我不想这样的。我只是真的不知道该怎么说怎么做才好。爸爸，其实我好想扑进你的怀里大哭一场，让你拍拍我的背，让你安慰我说好了好了都过去了，可是骄傲的自尊心和幼稚透顶的叛逆心理不允许我那样做。我在你面前变得越来越尖锐越来越冷漠，爸爸。

爸爸，我不知道你究竟忍耐了多久，才终于在那个中午爆发。那天因为一件很小的事情，我又一句话都没说就摔下碗筷起身，刚走进卫生间就听见身后哗啦啦碗碟碎了一地的声音。爸爸你掀翻了饭桌。那是印象里你第一次对我发火。以前我和同学说，从小到大我爸都没有骂过我，更没有打过我，他们都好羡慕的。可是现在我听着爸爸你对我吼，你说有什么话不能好好说出来，每次一不高兴就摔碗走人；你说整天在家拉着脸到底想要干什么；你说你看看自己现在都成了什么样子；你说你还要不要中考了。我从来没有见过爸爸你这么生气，记忆里的你从来都只会乐呵呵地笑。我没有说话只是一直在哭，鼻涕眼泪一起流。我害怕你会冲过来揍我，爸爸我不是怕挨打，我只是害怕你真的会对我举起巴掌。我就那么傻站着，听着你的数落，妈妈拦着你，说行了行了，你这是在干什么。然后妈妈回过头对我说，你怎么就不能好好听话，让爸爸妈妈省点心。我看见她也哭了。爸爸你到底骂了我多久呢，15 分钟，还是更久一点。你一定是伤透了心才会这样的对吗？你希望你的女儿乖乖听话好好学习，收起满身的刺儿，可是我都没有做到。我把你扎疼了对吗，爸爸？

对不起对不起对不起对不起对不起对不起对不起对不起。对不起，爸爸。

下午放学以后，不想回家害怕看见你，在外面晃了很长时间才慢慢往回走。半路居然迎面碰上你。我小声地问你干吗去，你说我去给你买西瓜。我记得那时还是春天，西瓜刚刚上市又很贵，我只不过是在前一天随口说了句想吃。起初我跟在你身后，走了一段路后你停下来，我看着你，你把手伸向我。我抓住你的手，心里想的是，爸爸，以后我再也不要松开你的手，再也不要不听话，再也不要和你吵架，再也不要让你伤心难过了。爸爸，在这段混乱的时间里，其实我是那么想念被你牵着的感觉。只有被你牵着我才会安心不再害怕，爸爸，我想回到你的身边。爸爸，我们和好吧！

后来的某一天，我在整理画桌的抽屉时无意间翻出一个笔记本，那是爸爸你在很年轻的时候写下的日记。字里行间里我知道了爸爸你曾经也有过和爷爷激烈争吵的叛逆期。然后我看见一段文字。我不知道当时的你是怀着怎样的心情写下它的。我把它剪下来放在铅笔盒里一直到今天。泛黄的纸页上是爸爸好看的字迹。

> 当我成为父亲的时候，我会为我的孩子着想，从他们的角度设身处地为他们着想。不让他们感到一丝痛苦，感到那种难以忍受的痛苦。

然后我的眼泪就掉下来。这些我从来都没有和你说过吧，爸爸。平时我总是和你打架，可是一个人的时候我总爱哭。爸爸，你总是一下子就把我弄哭了。

爸爸，我总觉得和你在一起的时间不够多，让我不能好好地爱你。在外面上了高中以后，每个星期只能在周末的时候回家见你一次，有时候你要值班，就见不到了。看不见你的时候很想你，想今天妈妈在我这边，那你有没有好好吃饭，想你最近有没有又腰疼，想你是不是今晚又要在办公室值班不能回家。爸爸我总是很想你，这两年多的时间里，我总是很想很想你。那么，你是不是也一样？

爸爸，我属羊你也属羊。今年我终于满十八岁了，而你也已经四十二岁了。你都开始长白头发了，爸爸。再多给我几年时间好不好，我会努力考上好的大学，找到好的工作，拿多多的薪水，然后给你最好的生活。到时候我就不准你再去上班，长时间坐在办公室对你的腰不好。你可以在家画画，现在你都没有时间画了。也可以去公园和别的老头老太太打太极拳，或者你也可以和妈妈一起去旅行。爸爸你去过好多地方，你在布达拉宫前面拍的那张照片最帅气。可是最近几年你都没有时间再出去旅行。那么就再耐心等待一下好了，等着我把你变成世界上最幸福的小老头。爸爸我说话算数的。

世界这么大，我很幸运，你做了我的爸爸。你赋予我健康的身体和完整的人格。别人都说女儿是父亲前世的情人，那么爸爸就让我为你唱一首小情歌好不好。这首小情歌没有华丽的歌词但是很真诚，没有复杂的旋律但是很动听。

是我一直最想说却从未说出口的话。

爸爸，你闭上眼睛仔细听。

爸爸，我爱你。

作者简介
FEIYANG

　　邵成潇,笔名阿鲸。狮子座,很不巧又是 90 后。小女生一枚, 174cm 的身高羡煞许多人, 体重嘛, 保密。热爱夏天和甜美的西瓜。迷恋陈柏霖的一切。伪文艺, 真性情。(获第十二届新概念作文大赛一等奖, 第十三届新概念作文大赛一等奖)

我终将老去的母亲 ◎文/丁威

那天，在饭桌上，母亲说，我只想你以后能过得好。

那时，我的心就凉了一下，那是暖后更深的凉。然后，整个吃饭的过程，我就没有再去开玩笑了。母亲说，你爸一到吃饭的时候，就开始愁你以后的生活。她说，你要好好照顾自己，你的身体太弱。母亲说了很多，很多我都记不得了。只是记得，那顿饭吃了很久。那时，我觉得母亲真的是老了。

母亲其实是跟父亲一起在外面打工的，因为胃不好，就回家来养病。母亲说她胃里总是有一股气，不能吃多少饭，吃了就发撑。我国庆节放假回家，她给我做了很多好吃的，她说，你都瘦成什么样子了。只是，她没有在意自己，其实，她瘦得更不像样。她只吃了很少的一点，然后，她说，你多吃，这些你在学校吃不到。家里的饭吃着很香，却看见母亲不能多吃，心里就很酸。

一天，下午的时候，我在房间里看书。母亲来敲门，我很不耐烦。开了门，母亲端了一碗用焦了的骨头和焦了的馒头熬成的水，那是健胃的。母亲说，你的胃总是不好，赶快趁热喝了。我没有起身，还是躺在床上，说，好，你先放那儿吧，我一会儿喝，然后，母亲关了门，在门外说，快点喝。我没有吱声，母亲下楼的声音渐渐小下去。我一直侧身躺着看书，下午的时光很快消失了。天黑下来的时候，母亲喊我下去吃饭，我关掉灯下了楼。吃过饭，坐着看电视，母亲去人工湖锻炼。然后，没有多久，邻居搀着母亲进屋了，母亲的脸很苍白。邻居说，你妈练着练着就晕过去了，幸好是跟我一起去的，不然，你妈也不知道咋办。母亲看着我，笑说，你别听她说，哪有那么严重，你别看太久电视，早点去睡，然后母亲就去睡了。十一点左右的时候，我洗漱后上了楼，开灯的时候，那碗药跳进了我的眼里。母亲送上来的药已经完全凉掉了，我的心被揪得很紧、很冷，我端起那碗凉掉了的药喝了下去，可是，那时候它已经没有母亲端上来时的体温了，甚至，我觉得它比我的心都冷。

我一直都是一个容易生病的人，瘦小、不堪重荷。每年都要病，而且往往是感冒、咳嗽、发烧一起来。我还记得小时候母亲总是牵着我走很远的路到医院，守在我身边，直到点滴完全流进我的身体里。我的手很冷，母亲让我的手放在她的衣领里。我总是在她的背上睡着，那时候，我觉得再也没有比母亲的背更温暖的依靠了。回到家她一口一口地喂我吃饭，甚至，她有时候会偷偷地抹眼泪。我会想，从我很小到现在，我看不见的母亲的眼泪该有多少。直到现在，我还老是不争气地生病，每次都瘦得像一截枯掉的树枝。也许，我不知道的是，每次我一病，母亲的心都要碎成什么样，我从来不知道。

我的脾气一直不好。我怕父亲，是那种来自心底深处的怕。现在想想，其实，更多的是歉疚，我没有像他期望的那样成为他眼中的龙。小时候，我的学习很好，奖状贴满了整面墙，每个来我家的人都会看见那些意味着我荣耀的东西。他们会说，你的孩子学习这么好，以后肯定有大出息。那时候，我能看到父亲脸上洋溢的荣耀，那是一种比光亮更耀眼的灿烂。后来，再后来，我的学习再也不好了，很差很差，在那条街上我抬不起头，我觉得我把他的脸全丢光了。我怕他。后来，父亲出去了，我就把我不好的脾气发在母亲身上。母亲说什么，我都要跟她对着干，仿佛是要把她说的所有的话都固执地在前面加上"不"。母亲说，你什么时候能听话呢。母亲说，你穿厚点小心着凉。我把她所有的话都当做耳边风，我觉得我的青春就是要跟母亲对着来，不然，就好像我的青春要残缺掉一样。后来，母亲尽量不说了，她把衣服拿给我看着我穿上，把药端给我看着我喝完，把饭盛给我看着我吃完。后来的后来，我来到这个离家很远的地方，很少给她打电话，总是她打来，她还是不厌其烦地说那些说过很多次的话，好像在她生命里就只剩这些话了一样。

对我来说，她的今生今世就是让我活得更好，让我长大，懂得照顾自己；却还是担心我的长大。长大意味着我要面对更多，意味着她也许不能再给我遮风挡雨了。她担心我长大后的许多日子要怎么样去面对，担心她的儿子会不会活得凄苦、疲惫、无助，担心他找不到一个好妻子不能好好照顾她的儿子。她担心她的儿子，就好像她的儿子永远都不会长大一样。

我对母亲说，我发了文章，我不知道她会不会去看，她也许不会理解我写的东西，但是，我会在她的脸上看到那种小时候的荣耀光泽。我说，妈，你放心，你的儿子以后肯定会混得很好的，她会让你过得很好的。母亲只是笑，然后说，我只希望等我老了，你能给我一口饭吃，我病了你能不赶我出门就足够了，我也不要求你更多。那时，我觉得自己的心很痛，如果以后不能好好孝敬你，我的生命活下来还有什么意义呢。

她在一天一天地变老，仿佛是我童年后的一转身，母亲就老掉了。她的脸上渐渐爬满皱纹，在眼角、在额头，苍老慢慢地包裹她。每到冬天，母亲的手就冻得开裂。那双手粗糙、干瘦、皲裂，再也不能像小时候一样温暖我。我甚至觉得那是一双哭泣的手，哭泣这么些年的岁月，它的苍老，它的摧残，它的死亡。

我丢了很多的岁月，那是母亲给我的最美好的童年。那时，在母亲的臂弯里，整个世界都不会有烦恼，而这些我再也找不回来。母亲老了，她再也找不回那些年轻的时光。

我想，只要有母亲在，我就还是可以去哭。在她面前，我永远都可以是长不大的孩子。只要有母亲在，你的家永远都会有一盏灯彻夜长明，你不会担心找不到家的方向。

你哭了，永远都有一个人比你更心痛，她叫做母亲。

作者简介
FEIYANG

丁威，生于80末、90初之交，喜欢安静看书晒太阳的日子。志向颇高，天分不足。矛盾、敏感、脆弱、失眠、瞎琢磨构成生活的全部。(获第十二届新概念作文大赛一等奖，第十三届新概念作文大赛一等奖)

局外人  ◎文 / 苗亚男

一

　　总是会觉得这个空间是一个活物。尤其是我不在的时候，或者是我特意用一种陌生的姿态从外观测它，总会觉得一种寒冷与畏惧，我不能够让自己沉入任何一个可以依赖的停留。

　　喜欢收集各种家居的图册，奢华富丽的，简陋而苍白的，还有临海而建的透明的小屋，但是会觉得，自己并不能够相信那是一个可以为你而建的空间，觉得本身无处可存。在脑海中预先设定一个场景，然后一件件地摆设。衣柜、床、桌椅，然后是布艺品，再来是各种堆砌了你的记忆与生活灵感的小物品。那些或许已经坏掉的再没用处的，那些已经过时的物品，它不停地消耗着我们的生命，但是我们不愿意抛弃。

　　一直会觉得自己对这些我所熟稔的物件没有任何感情，可以毫不留恋地扔掉写满画满的一个个本子以及数不清的纸片、闹钟、音箱、CD，坏掉了也不会觉得心疼，会觉得理所应当，就这样，它的陪伴到达了一个终结而已。但是这些情况只有在我已经觉得温暖的时候才会出现。通常情况下自己不会觉得那么严苛与充满感情。我似乎从来都没有注意到它们，我注意的一直是那些抓也抓不

住的事情。每天毫无感觉地和被子床单肌肤相亲,毫无感觉地开关灯光,毫无感觉地打开衣柜然后触摸它们,它们一直在生命之外。我也不知道自己的生活停留在哪里,我的真身存在哪里。

房间里没有镜子,所以就不会出现半夜醒来看见自己空洞洞的表情这样的场景,要花费一些时间才能承认那是自己。也许是在逃避,不想让自己面对生活的真相。我也很想像普鲁斯特那样觉得自己身边的每一个物件都充满了秘密,觉得所有的细节,甚至所有的名词都与自己有关。我可以尝试这样做,但是并不会持久。

最近很喜欢看一个个的小故事,它们串起来的样子。也不是刻意地像纸牌那样来回地穿插组成,就是很随性的一个状态。整个身体,整段日子都处在一种漂浮中,但是双脚偶尔浸泡在泥泞里。

忍受不了长时间的安静,除非有更多的景象可以转移我的注意力。比方说下雨的黄昏,最好把树叶都带到屋子里,不是外界的一个沟通,给我一种限制,然后我会想要一种慢慢打破它们的热情,这让人着迷。不能让自己熟悉任何声音,不能长时间地拥有它们,但是也不想在其他地方辨认它们,所以我尽量选择待在这里,减少出行。

不喜欢在房间里种养花草,即使喜欢,但是不想去关注它们,照顾好像是一种责任,像是将自己的一部分生命状态给予了期望,这样我最终会为它们短暂生长的喜悦后为颓败感到消逝的伤感。以前想到花草会想到在白色的窗帘下一个穿着黑衣服的女人喝水的样子,阳光从她的手臂和身体的空隙中穿透过来。

发明窗户的人是个天才,也许只是一个理所应当的想法而已,但是它带来了一种空间上的复杂关系。我们可以统筹的相对感,打开与关闭,外界与内在,透明与黑暗,释放与抑制,还有简单以及组合。它带来了对环境的关心和期待,一种内心情感的洁净感与洁净的要求。它带来了窗帘,一种可以将这种柔和发挥到极致的物象。你在朦胧中选择阻隔它们,或者你看着它们吹拂然后觉得这些和你有关,生命是一种渴望承认的脆弱物体。

房间里有架钢琴。如果那些物体上包含了被消磨的故事，物体就是记忆的牢笼，一个个截面的牢笼。也许和音乐一样都具有承载与唤醒的特质，但是物体更为深情与绵长，它们用自身的磨损来换回你的投入。

一直认为喜欢钢琴和喜欢提琴类的人一定会有对感受上的很大的差异。前者本身就包含了被短暂分割的特质，按下抬起，即使节奏旋律再连贯再绵长也会觉得那种疏离与克制，是素净的色调，然后逐渐分离的色值变得极端，只剩黑白。弦乐则是一如既往地向你靠近，柔情或者是冷漠都让人觉得具有包裹感。

喜欢出行的人选择居住点往往会分为两种。一种喜欢选重复的地方，也不是为了重温，就是习惯上的哪怕是卑微的依恋。一种是没有感情或者是新鲜而已，不会介意自己的选择。不能对同一个地方重温太多次，你会觉得那个地方会比其他的地方颜色要深一些，在你的认定里。这样过多地承载与期待尽管会带来舒适感也会带来失落。

不喜欢各种宾馆旅店那些房间里所有的摆设，但是我们势必要在那里面投入生命的一些部分。睡过一张张不同的属于远方属于陌生属于所有人的床，我们从骨子里认定自己是个短暂的停留者，甚至连停留也算不上，我们没有感情，我们只是在路上，我们一直在路上。

歇息本身也很劳累，释放的同时也在收敛。通常情况下我们都没有我们以为的那样了解自己身体的状态，即使有很多医学技能也不能够很贴切清晰地刻画它们。

我喜欢听一些人讲述他们辨别音乐状态的故事。我们选择的趋向是一种认证，如果那些选择足够多的话。音乐、故事、图像，它们产生的时候真的很迷人，迂回却单薄，但是如果你真的包含了自己的特质在里面，你投入了一部分，它们会独自酝酿一些别的部分来讨好你。有的氛围很完整，浓郁或者清素，有的很厚重但是细腻，有的只是什么都不是而已。如果换一个描述，有的是漫无目的地行走，有的是小跑，有的是暴走，有的就只是躺在那里而已。我们的状态会互相吸引。

128

　　真的敬畏那些从来都给自己作停留的人。他们也许是被迫一辈子都在放逐着，不安，漂泊，居无定所。他们不是群居动物，也不能够停留在任何群居动物中间，他们若是按照世俗的判定，存在或者不存在都没有意义。但是那也是自以为是的判定而已。至少他们还是能够确定自己的生活状态，他们才是在活着，而不是存在，前者要困难得多。而像我们这样的大多数人，才往往只是存在而已，仅此而已。卑微与可怜的高下一举便知。

　　世界上有一半的物象代表着分开与离散，剩下的一半是停留，也许也意味着困境。没有一成不变的东西，但是我们通常都不愿意承认这一点，确切地说是忽略这一点，我们情感上有一种刻骨铭心与生俱来的乡愁，对任何经历的乡愁，对所有困境的乡愁。车站、加油站、快餐店、高速公路、船只、客舱、停车场，它们身兼数职，给我们正在进行时的幻觉。若是以一个更高的视角看着这一切，我们来回穿梭，面容苍白，万般雷同，灯火迷蒙。

　　我不知道大部分的人如何确定自己的私人的界限。人与人的区别，交流的区别，以及各种特质与生活状态认定的区别也往往只是距离的界限，我们心里认证的一种界限。

　　有的时候自己会觉得不能克制地想要拥有一样东西，只是想确认一下自己内心的一个投射点，当做练习。比方说墙上的一张海报。我想拥有它的样子，图像的组成，被不同的光线抚摸后的样子，被不同的人注视过的样子，背后黏胶的样子，以及它和后面墙壁的交接的感觉，它的一切。对于拥有这种感念也很有私人性，我们私人的认定，带有偏执的嗜好。

　　其实一切都显而易见，我们能够发现任何真相，除了眼皮底下的那一个。

　　一切都会留下后遗症，或深或浅，或明显或隐敝。每一个相遇的人都会带来一些改变，有的狭小看不清，有的则藏在很多时光的深处。我们来回地摩擦交集，被各式各样的痕迹打磨成所谓的样子。

　　和一个人不能够聊太多。尤其是生活在规律中的人，慢慢地我们就会发现每一个人身上的界限，他们生活的空间的界限，自己认定的界限。毕竟生活一天一天都有规律可言，而我们所想要的并不是这些，所以常常会忙着沮丧。即使有一些新鲜感也可能是刻意营造的，具有自身所营造出来的特质的人太少，比方说像王尔德那样魅力非凡的人。

　　只能忙着去认识一个人，这个世界上可能不存在了解的说法。我们能了解什么呢，一个人的习惯吗？这是唯一的具有时间的安稳性的东西，尽管也会变化。我们只能这样去想一想，因为自己本身都对自己保持朦胧的认知状态。其实像孤独这种陈词滥调通常情况下也是用来安慰自己的，人与人之间的关系交涉得太深会变得绝望，绝望时因为我们都看到了彼此空间的真相。

　　写作的人会有界限，而且通常界限在处女作就会凸显出来，并不断地在自己的认知中衍生。大部分的写东西的人不会写自己空间之外的东西，也就是说不会写自己不知道的事，他们决定自己干涉以及投入的选定空间，如果分清这些实质上是很无趣的事情。从他们所下笔的那个状态就不能够隐藏自己在书写时思考的情绪状态，从他们选择的物象以及一些情节设定可以看出来他们生活的背面，经历、阅读量、感受力，以及那些投入与衍生后的拉长的部分，一切很开放地呈现出来，不论用什么包装去美化它们。我们所需要的并不是真相，因为生活的投射面要求我们的娱乐包含了愚弄的成分，我们渴望被愚弄，被涂设得变化多端。

　　现在才觉得套中人这个譬喻很精彩。每一件物体都有自己的封套，每一件自己所做的事情、所认定的范围，都被局限在一个状态里。每个人都不一样，每个人也都一样。

二

　　入冬时候的海会洋溢着一种轻惬的纯真。色调是浅浅的蓝以及深深的白，而后是温柔的暖暖的鹅黄的光芒贴在海面上，静谧而深情。

这里的一切松散而优雅，是我很喜欢的一种生活态度。

我觉得海面它似乎很宽慰地眺望着一切，而我却总不能静下心来。我现在满脑子都是张悬《Stay 牡蛎之歌》里的"不安它安于海 / 而我安于咸 / 我没看见但是我感觉 / 世界像我一样安静激烈且深邃"。我告诉自己，这不是幻觉，这不是梦，这是真的海，我魂牵梦绕的波西塔诺。我跨越半个地球，就为了看它一眼。它有一个太美的名字。与此同时我突然想起了很多包含地名的电影总是美妙：《情迷巴塞罗那》《魂断威尼斯》《在托斯卡纳艳阳下》……光是名字就已然牵走了我的心。

这个冬天觉得自己改变了很多，一个人旅行是一件真的很孤单的事情，尽管简单美好，并彰显着一种平静与探寻。

我静静地对着海水发呆，多希望时间就可以这样一直妖娆地滑过去，不做声响。

这个场景是如此熟悉，这个角色也是。

突然想起来去年看的一部电影《阿玛利娅别墅》，它还有另外一个名字，《女人出走》。我记得女主角是气场强大的伊莎贝尔所饰演，她在海边笑着，散步，像个孩子一样漂游在海里。只是那片海是那不勒斯。像她这样的角色或许很常见，但是我太喜欢她，她的决绝，永不回头，我竟然有一种非常难得的代入感，会觉得在那样一种情况下我会做的选择也是如此，一种逃脱，或者是一次粉碎纯真的重蹈覆辙。电影的背景音乐很夸张，剪辑很乱，但是我觉得很好，因为完全感觉到了那种状态，她心理的状态。后来在书店看到了原版的书，语句段落出彩得没话说。

还有《Eat,Pray,Love》。我喜欢原版书里面那些很精彩的话，关于旅行。至于电影里只记得弗朗科对她说的那句话：为什么不离开一下，为什么不离开，让我试着去想念你。也许有那样相同的经历会有更多的感受。一个人，不带任何特质地出走，不是为了一个新的生活，也不是为了毁坏过去为了推倒重来。也许就在那样的中间状态上不断地徘徊，怀疑，推测，否认，循环不止。因为人在那样的状态中会变得具有收缩性，会观察到被忽略掉的自己身体里面空洞的部分。但是那是一种具有内伤特质的探视，无法诉说。曾经很想看一看所有所谓的旅行文学，只是想评判一下不同人的心态与变化过程。真正的旅行是没有回路的，只是想知道在那样的一条路途中，究竟自己的身体可以产生怎样的新造物。

好像看一个具有独自状态的女人的故事总是很精彩，尤其是那种性格倔强的，有一种浓郁的冰凉。

突然就觉得，我已经在另外一个状态中了。我的过去被切断。我喜欢有些偏离的生活，这是我可以找得到的最贴切的形容。但是这个状态并不是最好的。

很喜欢那些在酒吧里一起坐在对面喝酒的情侣。他们默不做声地看着彼此，听着忧伤而薄情的意大利风情歌谣，眼神倒映在深邃的紫色酒杯中，让人动容。

有那么多的情绪那么多的感触那么多的感情交叠，夹杂着背景、音乐，还有香气，我们动用所有的感官去拥有一件事。这个有一种更为洒脱的生活方式，我们不需要拥有与证明，它们就像本身就存在在这礁石上，这片海域里，不必担心厌倦，不必苦心经营，不必为此而纠缠痛苦，漂游不定。

我一直最好奇的关系是恋人。他们都不明白彼此所处状态的真相，仿佛带有一种绝望地试图接触对方。这究竟是一种什么样的状态。什么都无法占有，什么都无法探究，仿佛一切都被预先地深化了，给自己找一个出口。一直会觉得，是崩离开的，而且脆弱，华而不实。

假如换一个形态，换一个角色，换一个相貌，假如明天发生了暴风雪，假如身患绝症，还不能分开吗？这些都不够吗？如果再严重些呢？究竟那些是什么呢？

生命本身就是一件华而不实的事情，感情也是。但是那些所有撕毁与涂染这件杰作的力量是如此的美，以至于让所有的人前仆后继粉身碎骨。

　　我一直都不能忘记在一个马来人开的出租车中听到电台中正在放的那首歌《Reality》，如果我生命中还能有美妙的幻觉，就是那个状态。因为这是一个秘密，在独自行走的时候经历的任何故事讲述时都会变了意义。那天下着雨，清晰的空气，我隔着孤单的玻璃看着外面闪闪烁烁的昏暗景色。在我面前是新加坡的巨型摩天轮，坐在上面也许可以看见夜晚的马来西亚和吉隆坡。星光一样的海。我是如此的幸运，司机也很喜欢这首歌，他轻轻地转头对我笑了笑。第一次听到是因为《初吻》，当男孩给苏菲玛索戴上耳机的那个瞬间，我就被秒杀了。——Dreams are my reality. 就像落落说的那样，"音乐只因我们在才变得完整无缺，失去哪个都只是伴奏。"

　　就让我们在这样一种浅薄的状态存在于彼此，不去想其他的。会觉得，就这样吧，宁静地倾听与沉默。所有的感受源都是身体的内核。

三

　　说谎话的人到最后一定会被揭穿。

　　如果真是这样，倒是一件值得期待的事情。

　　觉得自己现在的心态真的很分裂。我可以接受任何一种成熟度的感情，可以理解甚至刻画，但是不相信。很多所谓文学过来人都信誓旦旦地提出自己宝贵的经验，说不是所有的生活都要经历的，但是要有好作品还是有多一些的经历好。我是想反驳的，但是也反驳不到哪里去。

　　每一个领域都有可以做到极致的人。那些迫不及待给经验来推销自己的人多半都在中游，甚至连中游也算不上，他们懦弱而且懒惰，懒惰指的是徘徊以及安守，所以如果得不到认定以及更多的复制品自身就会被瓦解掉。即使不是这样也会在死亡后被瓦解掉。懦弱就更加显而易见，他们不相信自己，但是往往表面上却固执得比谁都厉害。

庸才与有天分的人在性格上彰显出的区别也许也在这里。当那些平庸的人传授自己的领悟力的时候，没有听到来自黑暗里传来的同情的泣涕声。

我们喜欢用自己的空间设置来迎合与评判别人的，与此同时觉得非此不可，心安理得。这样没什么不好，尽管不宽容，但是这样也是惩罚自己的表现。我们为这样所产生的误解与偏差而感到沮丧。

最近才觉得词语很有美感，有一种只能如此的设定。倒不是赫尔米塔的词汇拼贴画，她的心智深处是一个永恒的孩子，尽管在经历与认知上她充满了成年人的创伤。我喜欢她在不同细节上广领域的感受力以及跳跃而美好的联想，一种机灵而纯真的美感。我们过早地脱离掉了生命本身赋予的最完美的东西，那些天真的，具有神性的光芒。但是我们不允许它的存在，我们毁灭它，为了迎接更符合生存更符合资本积累的良好品质。

没缘由地喜欢一些词，比方说"无动于衷"。这个词有很多的状态以及很多的故事可以延伸。比方说，从此以后。当我们组合词汇的时候又会发现一切在空隙里的秘密，这是我们所想的被语言漏掉的部分。是语言限制了我们，但是同时又刻画了一个新的交流构成。

一直都不清楚怎么样去和别人分清关系。或许这样也不是必需的，因为在那个状态下我们也无法分清自己。我很喜欢那些光彩华丽的风景，它们那么乐观地坦然地呈现自己，不管身体下面是不是巨大的伤口。一切光耀而清丽，一切都呈现在面前，像是希望你去倾听。它们的情绪捉摸不透。

好像所有的物体都具有自我衍生的力量，不停地创造出新的秘密、新的状态、新的构成与幻象。

总是想找一首非常贴切的歌来深化自己的感觉，却总是不自觉地被引领到另一种路途上。

对世界，对物象，对不同的人的具体的感觉，总是分化得如此严重。

我感受到了一种感受，一种属于我的似乎是将唯一被证明的感受。

那些我们以为不可能出现的内容，都在这种程度上被话语夸大得复杂化了，但是其实并不是这样。我想要传递给你的也是这样一种感受。现在我知道用任何言语去影响任何言语都是不可能的，我们要做的也仅仅是这样，用我们的感受。那样一种，也许是情绪化的抽象化的存在的可能，它们来源于一种本身的额外的感受的美，诗歌就是这样一种过程。那些一旦触及生命内核之中的一个特别之处，就是美。

我不需要别人因为什么人去特别体验什么，我不需要特别去期待什么。它们就在那里，它们让我完全相信现实，而不是幻觉，我们用全部的完整的准备以及那些我们需要去体验的现实去完成。

我似乎已经沦陷在这种或许仅仅是出于本身的盲目的理智之中。

那些本质上的特别的声明，那些来自不同的改变的过程中的可能。所有的，都是可能的。我们会觉得一切都是有条件的，一切都是不可测的，一切都是这样，在无法控制地发生着。但是我的的确确感受到了这其中的分离之处，所有思想上的鸿沟。我们确信，真实的是可以探寻的，那些偏执的可以是美，可以是感受，但是它们所触及我们的方式与区域不一样。

于是我也想了一下对于故事的感觉。

写故事有很多的缘由。为了取悦自己，为了取悦别人，或者是我们热爱这个过程，或者是热爱这个过程之后可以给我们带来的地方。

我们习惯于沉迷这种自由的幻觉之中，并且一旦确信它们可以实践在我们身体上的真实性，它们身上的束缚性也就同时消解掉了。最具有拓展与创造性的力量的一点是，我们终于返回到一种本能之中，去慢慢地，也许是从局部进而完整地感受自身。这是值得尊敬的，是具有意义的。

幻觉的一切都是惨痛的美，我们心甘情愿用这种经验去换取一种故事的雏形。

很值得喜悦的事情是，我们能够分辨这其中的区别。我能够分辨我能够接受的成分，我能够看出来的以及隐藏的那个部分。那些值得相信与坚持的部分存在着，并且一直用一种美好而喜悦的力量去巩固并完成这个故事。

　　关于音乐。

　　我承认这是一种能够给我带来很多情绪的丰富性的东西。相比较视觉上的、表情上的，以及在一个环境的烘托中，声音以及跳跃的反而能够更开阔地阐释这种感受，令人沉迷的美。我们真的不必探寻很多东西的完整性，或者去确信它们是否完整，简单，但是它们也是一种在生活之外的存在形式。

　　我有的时候会去做一些确认幻觉形式的东西，包括现在。我发现对于这种东西我会持续性地回旋性地上瘾。但是也能够感觉到自己身体里，包括一种快速的传递的真实的可能的出现。我会用最诚实或者最包裹的状态去阐述它，这也许是一种我对于其中剥离形式的最真心的致敬。这样的一种打开、给予、拥抱，是另外的一种色调，这给我带来了很多于其之外的理解，它们非常美好。

　　因为喜欢这种打开来的方式，所以对那些隐忍的一切更觉得动人。

　　因为喜欢那些不断改变与影响的感受，所以对那些在我经验之外的或者是理应之外的出现觉得更深刻。

　　这是完成的过程中最神奇的地方，或者在我们还没有预料到的时候就出现的一种情况。当然，我们也可以在书写之前就完整地解构它，但是这两种美的感受是不一样的。而且第二种的形式并不是完整的出现，我们常常出现的是第一种，也许不那么确信完成的过程。

　　我发现我特别容易沉迷于某样事情，也同样特别容易脱身。理性与沟通是一件常常在我们预料之外的事情，这取决于我们对自身的剖论。

　　而后我发现了一条也许是很好的评判标准，如果我能够在完成它们（我指那些非必须的部分，在分析之后）的部分之后依然有耐心与怜惜的话，它们是值得完成的。这样的一种经验提前效应，也许会给我理智去辨别一些更纯粹的事情。

有很多东西可以感动别人。比如说，天真无邪的童年，对世界，对自己还不是那么清楚的人生的一些期许。然后到了青春的一些也许是很不可理喻的幻想，但是又会变得青涩一些慢慢地步入成人，然后直到一种我们认定的理性的出现，一种很沉重悲伤的理性，包含着很多浓重的东西在里面，那个东西也可以很感人。但是值得思考的是，什么才是可以影响我们最深的？难道仅仅凭借着这种年龄上的划分去区别它们吗？

我觉得人最奇妙的部分，不是去面对自己的角色，我们可以去扮演任何一个别人，如果我们有足够的自信，并且可以很放松地让自己进入状态。但是这种事情一旦发生在自己的身上，就会变得难以忍受。最重要的原因是我们不愿意去选择自己的角色，我们不能够服从。事实上，让我们从头开始思索，究竟我们是什么时候开始确认自己的角色的呢？一种模糊不清的情况下，还是仅仅凭着感觉，但是我们可以确定的是，在最初的所有情况中，都不是按照自己的意愿的，而这种意愿真的很重要。那些类似于秘密的成分是什么时候开始影响我们的生存的？

如果一切都用关系来作为测量的标准的话，那么我们与其他人的关系，确切来说，是没有足够的意义的。因为如果要考虑到一种付出与得到的成本利润空间的计算，很多时候我们追寻的只是一种感受。

世界是突然间变得复杂的。来不及睁开眼睛，来不起收集陌生的光线，来不及消耗一些感情，突然间，我们就走到了这种境地。

于是也分不清真相与幻觉，恐惧和孤独。

那些将自己陷入到无法正名的人，舍弃了一切。那些苦苦为了生存而相恋的人，也无法正名。在这样一种无法预测的开始上要求结局以及华丽的过程，这些因为无法生死而变得冷漠而陌生的人，突然间，一切变得狼狈不堪，是不是这些我们根本就不能去强求。

想要背弃这一切，这些让人不能够真心诚意相对的故事，这些让情节都显得畸形而极端的过程，那样的一个疯子。

终于在黑暗里我们四目相对。终于我们都变得悲悯而苍白。终于那些信誓旦旦说的话都只是话而已。

尾声

突然想起来那天八哥问我 Eason 最伤人的一句歌词是什么，我想了很久，最后才觉得是"从背后抱你的时候，期待的却是她的面容"。

作者简介
FEIYANG

苗亚男，1993 年出生，经常被稀奇古怪有些变态的念头弄得满身邪气。多重人格，走青春文学不顺因而转向荒诞。贪吃贪睡，看碟无数。(获第十二届新概念作文大赛一等奖，第十三届新概念作文大赛一等奖)

遇见  ◎文 / 王渤鑫

　　笔者是一个十足的痴情种，深受社会鄙视之类的话在此就不多提了。有痴情者便一定同时存在被痴情者，这跟害人者和受害者共存一样的道理。受害者便是琪。琪这小丫头被我东南西北申末净旦地缠了历史一般悠久，算是到了昏头转向的状态了。这是有事实依据的，据目击者某男说，琪某日贸然冲入男厕还硬是把十几个男同胞给驱逐了出去。于是这个肇事者就老爱横着个闪亮的猫眼瞪我，好像事发当日是我将她推入男厕的一样，尔后微微一叹脸上布满迷惘。

　　提及"痴情"二字，我该让我爷爷登场，毕竟我的痴情是拜他遗传。发现这个定论是因为某天我在他的抽屉里企图翻出几个古玩古币时，在几近最底层的一个隐秘角落翻出一张班驳的黑白照。当我刚把那张黑白照从抽屉里抽出准备端详的时候，老当益壮的爷爷不知从哪撞出来把照片夺走了。闪电一般的速度，教我措不及防。只晃眼看到照片里镶嵌着一个女人的侧脸，正义无邪，端庄典雅，不食烟火，莫惹尘埃。

　　风华绝代。

　　这里要提一下。爷爷曾经是个成功的摄影师，前半生有不少古朴唯美的摄影作品，婀娜山水烽火红颜，有些作品居然可以让我这个男人油然萌生一种嫁人的冲动，

能够迷糊了性别的艺术实在难得，而爷爷却在他事业风华正茂的三十多岁就在这长烟镇终结了他一生湖海漂流的摄影足迹，摒弃了他的理想，娶了奶奶在这里过风轻云淡的日子。这的确是叫人费思的选择。我肯定照片上的女人不是奶奶，如果是奶奶的话，那么爷爷就不必害怕让我看到那张照片了。

从爷爷对那张黑白照的精藏和庇护，过往的尘封跟一段残碎且不可触碰的记忆一般，一切说明了一个事实：照片上的那女人是爷爷从年轻一直爱到苍老，并且终无结果的女人。

老一辈年年岁岁的感情让我景仰，并且滋生一种看武侠剧时惯有的宿命味道。甚至我脑袋里又分裂出那女人转瞬即逝的锐利的脸时，清晰地意识到我的确在哪见过，至少见过这样一张脸，没有根据但完全合理地可以和她的脸，像剑跟剑鞘一样，天衣无缝地拼凑在一起。即使扭曲时空地焊接在一起。难道冥冥中有些事就像故事一样一辈辈隽永地牵扯下来，命中注定劫数难逃？写作的本能和胡思乱想的德性让我兴致勃勃地开始把这些细碎的感觉在琪的面前引用经典故事进行构思、建筑、延伸、铺展开来，如同一颗种子挺拔地发芽骄傲地开花，最后得道成佛地结出我和琪两个因缘的硕果。

故事的开始是五十年前，也就是爷爷三十多岁刚来长烟镇的年月，在一次偶然的摄影中拍到了那张黑白照，并且像他的孙子我初品照片那一瞬间脑细胞情不自禁分解出那些卓绝的形容词，于是爷爷情不自禁爱上了那女人。后来经过了类似于眉目传情飞鸽传书等过程，两人终于勇敢相爱。然而那女人却是当地地主甲富贵的女儿，爷爷这等浪子甲富贵自然看不上眼，顺理成章棒打鸳鸯拆散了爷爷和那女人，随后那女人先被甲富贵关入闺房，一壁破房岂能阻挡她与爷爷汹涌澎湃的思念，这期间当然会发生类似于爷爷翻墙或遁地入甲宅企图解救女人但偷人未遂反遭毒打之事（从长烟镇的政治历史来看，五十年前这种事一定不稀罕）。最后那女人终于被嫁女心切的甲富贵强嫁给了长烟镇某官僚之子乙百万。成亲当日爷爷痛苦地追着花轿，女人也很配合默契地泪流满面从花轿里冲出来，与爷爷紧抱在一起，甲富贵大怒，呼叫爪牙很艰难地把这对苦命鸳鸯给拉扯开了。这是个非常感人肺腑的场面了，极类似于《新白娘子传奇》中许仙与即将被关入雷峰塔的白素贞在金山寺被那伙讨厌的和尚拉扯分开的情形。在故事的某一段落就出现了一切几十年后因缘纠纷的导火线。那就是那女人在无奈松开爷爷的手后对爷爷说，我这辈子不能嫁入你家，就让我的后代嫁给你的后代吧，我们誓死要成为一家人！这句对白显然很创新，至少我还没在哪部电影里听过，别把它跟父债子还扯为一谈。

撕裂的声音与有情人不能终成眷属的怨恨交融在一起，让讲述故事的我都感觉面部在扭曲着拉伸着，胡思乱想到这这种境界可谓高深莫测，琪又瞪着个闪亮的猫眼横我。

故事接下来的段落是爷爷为了这句话从此长留在长烟镇，并且绝望的他神情恍惚中娶了良家妇女奶奶。而那女人在生下个孩子后便自寻短见了。那一夜定是雷雨交加六月飞霜的，爷爷在这个历史阶段也曾一度忽然失踪，往往都是奶奶在那女人哭裂的石碑前把失魂的他给找了回来，陪他饮痛伴君浇愁，这自然令爷爷对奶奶产生了一种博大的而与对那女人的感情所不同的感情，这感情让他们和睦相伴到了五十年后。话说后来长烟镇斗地主把甲富贵和乙百万两家给斗失踪了，那女人的儿子也因此不知踪影。

我瞎编到这就被自己的故事给哽住了，因为重要人物的失踪，所以我现在必须找个人来客串一下，来疏通情节。这时一个自寻死路的男人从我和琪的身前走过（我和琪正在长烟镇某石板小巷旁的一棵梧桐树下瞎编）。这男人忽然给我一种与这个瞎编的故事异常默契的感觉，晃若隔世，而且似乎一定与照片上的那个女人有什么宿命的联系，冥冥中由我解读与阐释。显然这种荒唐的想法对于这个陌生而俊朗的男人是很无辜的——换谁都不想与一个几近女鬼似的神秘人物扯上任何恐怖色彩的联系，破折号后的第一句话所表达的思想在我晚上上厕所时尤为贯彻。但为了故事的诞生续集渊远流长，在此我姑且得侵犯一下这个男人的人身安全权利。

据说乙百万倾家出逃时，那女人的儿子由一个小丫鬟小花抱着，善良的小花自知乙百万今后生活定然十分艰苦窘迫，所以把那女人的儿子托付给某林氏好心人家抚养长大（琪这小丫头姓林）。这对于膝下无儿的林氏人家自然是件欢喜事，因为乙百万作孽远胜做人，小花是不敢坦白这是乙百万的儿子的。小花远嫁他乡是接下来的事了，这个秘密便因此一直尘封在小花的家族之中。而方才经过的男人正是当年丫鬟小花之子，他这次来长烟镇便是为了告诉爷爷，琪就是当年那个女人的小孙女……

故事完了我还不忘作个总结，叫琪乖乖地跟着我别瞎折腾了，我俩的因缘是命中注定的，逃也逃不了，我就是你的真命天子，你就老老实实等着嫁给我吧。

结果琪陶醉得一踏糊涂用四肢亲热了我一番，拳脚相加后说她才不想做那个什么乙百万的孙女呢。

然而一切喧哗沉淀在所有颜色的低层，我的大脑开始放肆地一遍又一遍地放映着那个男人在梧桐树前过往的镜头。我这次的确捕捉到了那个男人和那张黑白照间微妙而莫名的一种融汇，我试图把脑中的画面黑白化或定格，来猎获他们之间的突破口，但那个男人却始终不为我所左右，依旧在我脑中色彩斑斓地奔走着，和那个女人凝固古朴的黑白色形成剧烈的冲突，火的沸腾与水的娴静交融在同一故事模型里，让我抓狂一般无所适从。

我自信自己第六感甚准，同时这也见证了我的白痴。因为后来的日子里我开始把我瞎编的故事融汇入现实中，而且越发感觉所有的事物：爷爷，奶奶，那个男人，长烟镇的每一条小巷，这所有的古镇表情都与这个跨越五十年的假想书写着同一个真谛。尤其是琪，横看竖看都是注定要嫁给我做老婆的女孩。这见证了一句话，人对，世界也就对了，而同样，人错，世界也就错了。

我开始有事没事像个蓄谋抢劫的家伙等在那株梧桐树旁。那个男人每天都面目冰冷地在同样的背景色彩中穿梭而过,一个人。仅此一人,仅缺一人。有点孤独求败至高无上的感觉,但这种感觉却不是很塌实,略生彷徨。他此刻已经幻化成我潜意识里丫鬟小花的儿子,我挤眉弄眼竭尽全力地想让他知道我就是当年那个摄影师的乖孙子,好让他透露一些故事的端倪,让我证实自己对于胡思乱想的信仰。他却始终是个冰冷麻木不识时务的家伙。

这更让我觉得故事的悬乎和理所当然的一个曲折离奇的解谜过程。我甚至越发觉得他与爷爷弹指锁眉之间有太多太多未解的纠纷,并且都在刻意回避和隐瞒着这一切故事的男女主人翁也就是我和琪,于是英勇善战的男主角就决定在摸索中义无返顾前进,探索奥妙拨开迷雾让真相大白最后赢得美人归。美人自然也就是琪,没有任何悬念。我的良知和琪的拳脚主宰着结局。

作出这个英雄的决定,第二天我立马拉着琪和照相机,在那男人每天经过的小巷中途的一个拐弯处,佯装给那棵我经常在它身边蓄谋抢劫的梧桐树拍照。那个男人果然要出现了,我老远听到了跫音就蓄势待发。我用跫音这个诗意甚浓的词汇说明我对这男人的脚步声是产生感觉并且准备加以描述了的:那是层层叠叠荡气回肠而又惘然寻觅的声响,温度冰冷,听觉生硬,意味玲珑,仿佛跟我一样在等待什么,只是我此刻的等待定然不及他所怀的等待高尚。我似乎还抚摸到一种遗憾的东西,当然这与我对某日把偷爷爷的某古玩偷卖亏损了某某个大洋的遗憾是截然不同的,是与"君生我未生,我生君已老"意境很相似的那种。桀骜不羁的胡思乱想注定了我不是搞创作的就是搞谋财害命什么的。

咔。

银光瞬间张开手臂和胸膛抱住了那男人刚出现的身子,他身后的一半墙壁,和半株梧桐树,尔后骤然收拢,把他们方才的一切表情都揽回了照相机里,镂刻在胶卷中。那男人依旧冰冷地走过梧桐树的身躯,消失在小巷的另一面墙后边,裸露出了对面墙的大红漆"红桃K

补血真快"屁股上的"真快"二字，四大皆空的味道。（我和琪所在的A巷与男人走过的B巷是T型交叉，A巷就是"T"字竖着那一笔，B巷很长，是"T"字横着那笔，长着个古朴幽深的身材似乎文化很浓郁，却没荒废，还真建了一个宽敞的龙鱼混杂的桌球室。那棵梧桐树的位置在A巷的尽头，B巷的左边。长烟镇这种古老的巷子大概可以同时横过四头牛加一个我那么宽，琪则将这个比方更正为可以同时横过四头老牛与一头小牛。）

嚓。

当我面对这晒出的照片的时候（非数码），我知道，这是五十年后续集的开始了。两张相隔了五十年不同方向不同色调的照片串联着故事的血脉与肉体。我像个歹徒拽着一张偷拍他人私生活的照片挤出一脸敲诈勒索的表情，把照片拍在桌面质问爷爷。

爷爷，你一定知道这照片上的男人是谁吧。

爷爷果然像被触动一件酸涩的陈年往事一般神情忽然凝重起来，眼里略生惊奇地放出宁静的光彩。

是他，难道是他？

爷爷游移的表情和触动的语言足以证明我假想的存在性。初战告捷，我继续挥剑北上，英勇地蓄势征服故事一切琐碎精美的细节。

他？爷爷，你说的是……

爷爷点着了长而精细的烟斗，喷出一口湮没晨夕的长烟。这种表情还有吸烟的姿势让他油然而生一种抽丝剥茧的沧桑，如同历史一般隽永，教人肃然起敬。他抽过一口烟之后开始打开平铺直叙的话匣子：

这要从五十年前我刚到长烟镇说起。那时我三十一岁。刚解放的长烟镇娴静且玲珑得宛如被乱世遗弃在竹篓里，顺着一江春水停靠在竹林边缘包裹着朴色褴褛的胖娃娃，这让长期四处漂泊的我感到阔别已久的安稳，仿佛小时候被母亲怀抱着一样，然而这都是谁也记不得的事了，因为记忆遥远所以这比喻更让我觉得长烟镇馨暖无比。

凑巧在长烟镇令我恍然触动的时刻，我遇到了镇上的姑娘雨轩，也就是你奶奶，并且放下我一直挂在胸口的照相机与她甜蜜相爱。然而不久后一切的和谐沉淀为无谓的习惯，也就显得淡然乏味了，叫我想念往日的色彩斑斓和对理想不羁的追逐。从我又端起照相机在长烟镇中坚定的晃荡便可以看出，我终归是要走的。

是的，我终归是要走的。

当然从五十年后的现在我依旧留在长烟镇证明五十年前我终归还是出乎自己意料地没有走。往往成就了故事，就会像故事一样很故事地发生一些故事。在我迈步在长烟镇的一条小巷里思索着第二天如何与雨轩辞别或是很辜负地不辞而别时，一个美丽的女人从我前面的一条小巷，如同薄烟一般缈缈行过，一个摄影师对于这种幽深小巷斑驳古墙红颜过往的情景，绝不会比一个色狼的激动少个分毫。（何况我爷爷既是摄影师又是色狼）敏锐，且回味无穷。我立即条件反射式地拍下了这个镜头。

而后来的时间里我的大脑却开始不断地放映着那个美丽女人走过的镜头，像一个古谜一样让我禁不住猜她。她的侧脸，一张似乎拒绝任何尘世只接纳一份真挚的脸。她的身体，像周敦颐笔下的莲一般亭亭盛开，玲珑凸现，但又显得逞强着在某一特定时刻前使劲地不枯萎。她的脚步，隽永而决绝却又听得出一缕松懈——定有一个唯一且毫无偏差的称谓与声色方能红颜唤回……莫名的胡思乱想最后，一切思考的指针都指向我和雨轩之间。我不明白，但我肯定冥冥中这个女人总是袭来一些真谛指引着我要为雨轩留下。她一定在告诉我，我与雨轩之间一定有一种东西，远比一切明艳的色彩和光辉的理想都要珍贵和卓绝。

不要为了什么，抛弃你的女人。

或许，当年依旧懵懂的我是为了未解的谜而留下，等待女人的答案，以及等待我和雨轩的答案。

后来我问过雨轩那女人的事，雨轩笑了笑说，那女人是她小时候的一个玩伴，叫莲。莲是个出生于书香门第的怪女孩，十多岁那时候有几次与雨轩经过那条幽深的小巷子时，她总会用一种很憧憬的神情像一涧山泉一样舒缓而灵动地说："我每次走到这里总会有一种莫名的感觉，感觉会有一个男子一尘不染地迎面走来，笑着，牙很白，像洗过的月光一样，暖暖地问我这里的书馆在哪里……爹总是玩笑着对我说，莲儿会嫁给一个肩膀上有朱砂痣的男子，我想，一定是他了吧。"

莲每次说这句话时脸上都写着暖和的笑。后来，莲在那条小巷子里开了一家书馆，叫长侯书馆。再后来，像我和雨轩一样，莲就在那条巷子里飞快地老去。十几年前，她一个人在一条巷子里走完了一生，安安静静。

这张照片用一种迷乱的方式改变了我的一生，让我这样与你奶奶平实而美丽地相伴到老，所以我一直小心翼翼精藏着。

爷爷说完故事后又从另一个更隐秘的抽屉的更底层拿出了那张黑白照片，这个时候我不得不使劲儿一再提醒自己，这只是一个巧合：我们总是向往自己能够真切地见证一个完美的故事，然而发生后却卖力地告诫自己是在做梦，不扇自己几个耳光认定很痛之前千万别当真。因为我看清了那张黑白照片，背景同样是我给那男人偷拍时男人所走过的小巷，爷爷恰好依旧和我一样只拍到了半株梧桐树，并且更恰好是我没有拍到的另一半边。那棵梧桐树在五十年前真是小得可怜哪！

那张女人的黑白照与我拍的那张男人的照片居然像同一个窗口的两扇窗户一样吻合，一扇新窗，一扇旧窗，跨越着五十年的时间差却密不透风。

男人往左，女人往右。

爷爷小心翼翼地把两张照片拼凑在一起。男人与女人就穿越着黑白与彩色的界面，同一株梧桐树左肩 1950 的稀衰右肩 2000 的茂盛，同一面半边涂写着"新中国万岁"半边涂写着"红桃 K 补血真快"的斑驳砖墙，在五十年前的爷爷和五十年后的孙子各怀鬼胎的按指中，以干裂定格的形式完成了这场旷古烁今的相逢。

146

　　这令我想到在某文章里看到的一段话，因为记忆模糊，所以有所改动：或许你最喜欢的一颗星星，在几百万年前就已经灭亡了，只是它的光芒在几百万年后才到达你的眼眸里，被你爱上。

　　爷爷吸了最后一口厚重的烟，然后深邃地在抽屉前面把烟灰磕掉。用一种老人惯有的宿命的语气说：这男人，迟到了五十年呵……

　　结局应该很让我郁闷，因为这成全了爷爷的故事，而没有成就我的故事，而且，这故事远没有我的故事那般曲折离奇波澜壮阔。然而这一切让我跟五十年前的爷爷一样傻帽了好一阵，感觉有一些迷乱的真谛纠缠着自己不放，而心里却如同一夜暴富一样充足。我夜不能寐了好几盏月亮，终于得到一个我和琪真是太不容易的定论。

　　我把这一切故事讲述给琪，我跟她说，我们两个人能够遇上，便已经是一件鬼斧神工的艺术，而能够爱上，更是巧夺天工的精品。

　　琪笑了。我知道她一直都懂。海子说：公元前我们太小，公元后我们太老，没有谁见过，那一次真正美丽的微笑。然而我们见到了。真好，我们谁都没有早也没有晚。

　　至于那个似乎不合理的故事到底是个巧合还是命中注定的东西，我依旧无从知晓，因为我不能偷窥那男人洗澡以便看他的肩膀是否真的有朱砂痣。然而这已经不重要了，至少至少，爷爷、奶奶、我、琪，我们都得到了我们需要的全部。这是些玲珑的真谛，虽然都源于一个男女主角都没有棱角分明的悲伤的悲剧。

　　用一个结论来作文章的结尾，实在是个枯燥的格式，我是十分不苟同的，故事当然也是不会答应的，所以故事有了后面的事。有一天我和琪再次经过那条巷子，是很久以后了吧，我已经淡忘了那些曾经似乎很悬乎灿烂的故事：所有轰烈都是些轻渺的飞火流荧长天一鹤，平实方是生活厚重的日升日落生生不息。我在那个桌球室门口听到了一段对话，我跟琪都一尘不染地笑了，淡淡的，牙齿跟洗过的月光一样白。心里不知道是甘甜还是苦涩。

　　请问，这里的书馆在哪里？

就是这里啊。

这里？

嗯，听说这里五十年前就是一个书馆，叫什么长侯书馆。不过，你已经迟到了五十年咯！

哦……

男人若有所失，默默地走了。

王渤鑫，男，1988 年出生的慢性子巨蟹座。与书籍相比，更青睐电影，尤其是皮克斯的动画片。（获第十二届新概念作文大赛二等奖，第十三届新概念作文大赛一等奖）

第 4 章

黑白电影

我们是戏子也是观众，坐下或是离开时，总是
藏着自己的心情，不愿诉与他人

黑白电影 ◎文/柳敏

也就是一瞬间，我从一个昏暗的光明跨入一个光明的昏暗，两种光线的交替，像呼吸一样自然。简单点儿说，就是晚上八点多，我接到阿毛的电话后二话没说就出门了。他说："情况不妙，我没带棍子啊。"我说："好的好的你在哪儿我这就去。"

出门前，我找了一下店里的"凶器"，发现除了菜刀，再没有其他具有杀伤力的武器。觉得又不能空手去，就问爸爸要了几块零钱。万一白的进红的出，还能买个创可贴什么的。

当时我便是这样想的，毕竟从小到大没有参与过"群殴"事件。

阿毛说情况不妙，我想象着所有不妙情况中的最不妙的那些，越来越觉得有带点"凶器"的必要了。借着路灯，在树底下抠了半块破裂的地面砖放在车筐里。车把变得摇摇晃晃，像一种心情。

"阿毛我到了，你在哪儿？"

"往你九点钟的地方看。"

九点钟？我没听懂他的话，还东张西望地寻找可能对他造成不利的那一大群人。

"呆子，我看见你了，往右看。"我转身，阿毛正举着电话走过来，在我头上轻轻地拍了一下。"傻啊你，九点钟的方向就是往你右边看！"我恍然大悟，转而一想，好像也不对，"你才傻呢，右边是三点好不好。"阿毛又在我头上敲了一下，"你就接着傻吧。"躲他的时候我瞥见了车筐里的砖，我把砖拿给他，说："看，给你带凶器来了。"他瞥了一眼，又要敲我，我想躲开，却刚好撞到他的拳头上。他说："你就接着傻吧，快把砖给我扔了，丢人。"

阿毛叫的人基本上都没来，据说有一个正要出门又被他爸拦家里了。我说："大半夜的哪个当爹的放心让孩子出来啊！"

他说："你爸啊！我真怀疑你是不是捡来的，一个女孩子这么晚出来也不管？"

"谁说不管了。"我说回家了，阿毛不再说什么。我们都是"没有人管"的小孩，从小被忙得像陀螺的大人扔着，没有人管才是正常，若是突然有个人冒出来在身边喋喋不休地管三管四，我们都会崩溃。当然，这样的人不会出现。最亲近的人都不再说什么，还会有什么人来多管闲事呢？

"到底怎么回事，你不是说来见宋语宁吗，怎么又情况不妙了？"

"不知道，感觉不对，"他低着的头慢慢抬起来，耸耸肩，"很奇怪，感觉很奇怪。"

按理说，宋语宁给阿毛打电话，应该是件大喜事。毕竟一个追了大半年的女孩子开始主动联系自己了，应该兴奋才对，怎么会感觉奇怪呢？

"为什么？"我问。

"不知道，嗯，她的语气很兴奋……哎呀，你一个神经大条，说了你也不明白。"

正说着，宋语宁已经在小公园前的广场朝我们招手了。准确地说，是朝阿毛招手。因为她见到我时用异常诡异的语气问："丁画，你怎么也来了？！"然后问阿毛："毛以霖，我就叫了你一个人，你干吗把丁画叫来？"

阿毛拉了拉单肩背包的带子，看了一眼旁边站着的几个高大的抱着臂的男孩子，说："你不是也没一个人来吗！"

这一刻，我是多余的。好像所有人都是多余的，除了他们两个。好吧，就当阿毛大晚上把我找出来看一场真人电影好了。但像这样的电影我还真没有一点点观看的欲望。

我正要去路边坐下，宋语宁的堂妹——初中时坐在我后面的那个文静女孩子——站在一旁用一种讽刺的语调说："丁画？你怎么在这里？"看来我的出现并不在他们的剧本中。我朝她冷冷地一笑，在路边坐下，所有的人立刻变得高大起来。

盛夏的夜晚总是热闹非凡，尤其在小公园，男男女女老老少少沉浸在夜色中，让人想到所有的温馨与快乐。有孔明灯慢慢向月亮靠近，我仰着头想要看清他是不是已经吻上了月亮的额，想偷听他的情话。侧耳倾听，却是宋语宁和阿毛断断续续的对话，内容仍旧没有离开我为什么在这里。

一会儿，阿毛说站着挺累便在我身边坐下。我说："小宁，还站着干吗，过来坐吧。"她为难着，不知在顾虑什么。

不远处的那几个男孩子倚着自行车和宋语静聊天，和阿毛一起来的那个男孩子无所事事地站在路边左右张望，我本以为的"群殴"，竟会是这般场景。

宋语宁每说一句话都要停顿几次，我听得一头雾水。若不是之前阿毛告诉过我他追她的全过程，大概我会彻底不知所云。仔细一想，这大概正是宋语宁所希望的吧。

孔明灯在靠近月亮的时候渐渐消失了，夜空还是那么安静，广场还是那么热闹，宋语宁还是站在我们面前说着连她自己都不知道是什么意思的话。她穿一条牛仔七分裤，腿很不自然地向里弯，背稍稍有些驼，宽松的短袖衫呈现一种不和谐的姿态。我越看她越觉得别扭，总感觉这样的人物和这样的背景放在一起太不协调。于是我说："小宁，你站直了！"话刚说完，便是阿毛和宋语宁齐齐的诧异的眼光。宋语宁显得更加尴尬了，这是我之前没有想到的。

如此这般，又持续了几分钟，宋语宁问几点了。我看下表，九点多。她说有点晚了，便和她领来的那群人一起走了。阿毛什么都没说，只是哦了一声。我问他，你干吗不追上去啊？他说，不追了。

阿毛叫来的男孩子见没什么事儿，就和我们告别回家了。刚才还凑在一块儿的一小群人就只剩下我和阿毛。他说："有事儿吗？没什么事儿就逛逛吧。"

"嗯，随便。"

我们两个走在热闹的街上，一直走一直走，一直走到行人稀少。记得我们两个一起去那个陌生的城市旅行时也是这样，在夜晚的街上一直走一直走。晚上回那家简陋的小旅馆住下，我们要了两个房间，却因为害怕无法入眠。两个人在一间房里一直坐到天亮……

走到十点多，我们两个仍然精力旺盛。热闹的街道变得无比安静，只有几家店铺还亮着灯。阿毛说，城市北边的公园有好看的夜景。那会是一段很长很长的路程，足可以消磨许多无聊的时间。而我们所认为的漫长，在不经意间消失了。

北边的公园建立在一片有水的天堂，夜里亮着一排排彩色的灯，渐明渐暗，映在水里，别有韵味。空气有些凉，阿毛问："你冷吗？"

我说还行。

黑暗是很神奇的东西，当把所有的一切放在黑暗中时，再平凡的事物也会变得神秘。我问阿毛："你说会不会在石头后面发现尸体啊？"

他打了个寒战，说："呆子，你别吓我啊。"

我笑他道："我就知道你胆小。"

"呆子，玩个游戏吧。"

"什么？"

"真心话大冒险，剪刀石头布，输了的受惩罚，怎么样？"

"好啊，现在就玩。"

"我出剪刀，你出什么？"

这算什么，哪有这种玩法？想让我上当吗？阿毛呀阿毛，我虽然神经大条一点点，但也不至于真的傻成这样。

如果按照他的理论来游戏，我接下来会出"石头"，这样他就会出"布"。

于是，我出了"剪刀"。谁知，阿毛出的也是"剪刀"！

"呆子，就说你傻，你还不信，不用这么让着我吧。"

"谁让着你了，再来。"

……

"阿毛，你到底追了多少女孩子了？"

"那些都不能算追，真正追的也就宋语宁吧。"

"那你为什么追她？"

"不知道……好像你问多了，我要问回来。"

"随便。"

"你内衣什么颜色的？"

"神经病，白色的。"

我用一张结实的"布"打败了阿毛的"石头"，发问权在我手里，我却不知道要问什么问题了。阿毛在旁边奸诈地笑着，"你可别问我喜不喜欢你啊，放心吧，我不喜欢你。"天底下果真有自恋不打草稿的人。

我瞪了他一眼说："你放心，我也不会喜欢你的。"

"喂，呆子，那你喜欢什么样的男孩子？"

"我想想啊……我还真没想过，其实想了也白想，也许你会喜欢上一个你从没想象过的人。"

"那最简单的要求总还是有的吧。"

"最简单啊……必须是个男的。"

"废话，你还能同性恋不成。"

"要比我高，很有才华。就这些。"

阿毛突然停下脚步，站在我面前比划了一番，说："看，我比你高又会画画，你说的那几项我都符合，你干吗不喜欢我？"

"请问先生，你是男的吗？"

走累了，在河边的木板小道上坐下。水边有冷风吹来，湿湿凉凉的。阿毛抽出一支烟，点燃，说要暖和暖和。

"坐我右边吧。"

"不习惯。"

"呆子，我怕呛到你啊。"

抽完烟，他说："冷吧，我肩膀借给你靠。"

我抱着自己的兔子背包，说："不用。"

"那把你的肩膀借给我靠好了。"

"不借。"

阿毛开始用一种女孩子的语气撒娇，让人起了一身足可以熬一大锅小米粥的鸡皮疙瘩。刚要说他几句，他又换了另一种语气，"咱还是兄弟呢，兄弟有困难那你帮不帮啊？"

他把头靠在我肩上，像一只疲惫的小兽。

旁边的空地上有两个姐姐手拉着手转圈圈，想不到还真有半夜十二点出来发疯的人。河边的灯在刹那间暗掉一排，不多久，另一排也暗掉。

"阿毛，灯暗了，我们走吧。"

午夜，静得让人发慌。我喜欢黑暗的感觉，却不喜欢在夜晚遇上陌生人。我和阿毛并排走在马路上，突然，我瞥见身后有一个人拿着长竿子朝这边走。发现我看见了他，他便朝我们这边跑。我一紧张，拉起阿毛的胳膊就跑。不明白状况的阿毛还莫名其妙地问怎么回事。我拉着他跑到马路的另一边，那个疯子也跟了过来。渐渐地，我拉着阿毛胳膊的那只手已经滑到了他的手心。我感觉得到，他的手已冰凉。

马路对面的两男两女见状也跟着我们一起"逃命"。这场面何等壮观！这时，已换做阿毛牵着我跑。他边跑边说："如果我一个人跟他跑，他肯定跑不过我。"

等我们跑累了，阿毛渐渐放慢了速度，他说："棍子棍子，等等，我包里有棍子。"

"你不是说没带棍子吗？"他没回答，从包里取出铁棍握在另一只手里。见我们不跑了，疯子也放慢了脚步。疯子就是疯子，他开始说疯话。听口音不是本地人。有人问他："你哪儿的人？"他说："哈哈哈，我四海为家。"像是在表演一出戏，没有人告诉我们剧本是什么。这台词，放在这里会不会显得太过突兀？

"我们"这个词语变成一群人的代名词。这一群人相互保持着一定的距离，慢慢走着。我和阿毛走在最后，好几次被那疯子喝令快走，如同被押送的犯人。我们牵着的手在疯子离开之前一直没有松开。疯子走后，我对他说："你的手好热。"说完便放开了。

在那之后的一个夜里，我蜷缩在被子里，觉得十分惊恐。并不是外界所给的那种惊恐，而是内心悠悠地散发出的不安。突然十分怀念阿毛给予的安全感，便用自己的左手握住右手。惊恐和不安依然没有退却。我紧紧地抱住熊，紧紧地握住自己的手，紧紧地闭着眼睛，却不能甜甜地睡上一觉。

阿毛说七夕时会找几个人出来玩，我说找几个姑娘吧，但你要是找宋语宁我就不去了啊。自从那晚过后，我对宋语宁这个名字不再带有任何好感。阿毛也说，别提她了，我一想就觉得吃亏。

七夕那天，我所想象的热闹非凡再一次破灭，说好的一群人又只剩下我和阿毛。我们像两个鬼魂一般在熙熙攘攘的大街上游荡，漫无目的。我们行走，似乎仅仅是为了行走，又似乎是在寻找行走时的那种感觉。

下午下起了雨，我们躲进了电影院。黑暗中藏着许多情侣，纯粹是来看电影的很少。片子是《独自等待》，我们在 Z 城小旅馆里坐到天亮时用 MP4 看的便是这部电影。

阿毛说："我不会像夏雨那么傻。"

"哪儿傻了？"我问。

"人家要走了才那么问，如果是我，我现在就问。"

我看了他一眼，有点不自在。他的身子离开靠背，看着我说："丁画，要不咱俩好吧。"

"行了阿毛，别开玩笑了。"我坚决地相信这是阿毛的玩笑话，凭我长期以来对他的了解。

"我真没开玩笑，丁画，我是认真的。"

我说："我对你没感觉。"

他问："那你为什么对我那么好？"

我说："没看出来，我对谁都很好。"

他说："别提感觉好不好，那都是骗人的。"

我不知道要继续说些什么，如同无法继续的剧本，停在某一情节，终止不前。或许，我答应他，是我和他开的最大的一个玩笑。

从电影院出来后雨停了，阿毛看上去心情很不错，我则混混沌沌跟在他旁边，惊恐和不安的感觉更加强烈了。突然想到宋语宁，又觉得不该想她。我拼命地告诉自己，阿毛也在开玩笑。正想着，阿毛递给我几束玫瑰。花朵红得如同澎湃的血液，我吓得不敢去接。他塞到我手里，我很想把它们全都扔掉。但终究还是留下了。

那一晚，我们又去了城市北边的公园。一切安安静静，这里并没有因为谁和谁相恋谁和谁分手而变化。当然，也没有疯子出现。

之后的几天里，我一直在思考我和阿毛之间到底存不存在那种叫做"爱情"的东西。阿毛说，你别胡想了，慢慢就会习惯了。但我的惊恐与不安依旧没有消减。

宋语宁又给阿毛打电话，阿毛告诉他，他们两个没关系了，正如她之前对他要求的，他不会再去打扰她。

后来，我逛到宋语宁的空间，那篇日志里只有一句话：

明明已经放开了，为什么还是放不下？

我突然有一种负罪感。

小城里唯一的电影院总是放连环的电影，十块钱可以做一整天的梦。中间没有散场，可以随时坐下随时离开。

而我们的日子，如同一部电影。我们是戏子也是观众。坐下或是离开时，总是藏着自己的心情，不愿诉与他人。

作者简介
FEIYANG

　　柳敏，1992 年 12 月 26 日出生，血型至今不明，很迷糊很迷糊，喜欢偏辣或者偏清淡的食物，喜欢柠檬味道的饮料，喜欢猫。(获第十三届新概念作文大赛一等奖)

双木  ◎文/邵成潇

一

　　盛夏的七月是难得有这样一场不紧不慢的小雨的，被雨水打湿的路并不好走，于是阿时右手紧紧护住身后的画板，左手勉强推着脚踏车，在通向山丘顶的小径上勉强地走。

　　下意识地不时摸摸口袋里面褶皱的信封。

　　远远看到阿嘉的影子，于是背着画板走过去，在一片还算干的地方坐下。

　　你这家伙，下雨了也不躲起来，不怕感冒吗？阿时笑着，用熟稔的语气打招呼。

　　但是写生的话好像就需要这样的天气。阿时拿着画板站起来向远处眺。你好会选地方哦，这里刚好可以看到对面的山。

　　那么，今天画什么呢，给你画肖像好了。顽皮地一笑，叫做阿时的短发女孩熟练地铺好纸张，从盒子里拿出铅笔，用手拢了一下垂在额前的刘海，一笔一笔勾勒起来。

　　对了，我有封信给你。说着，少女从口袋里捏出一封信，塞进树洞里。

　　阿嘉是一棵树。

二

时常梦见大片大片清澈的蓝色，开始我觉得很迷茫，我不知道我去了哪里，直到看到自己的鳍和尾，我才高兴地发现我变成了一条鱼。我在准备欢畅游动的时候又有点悲伤，其实我更渴望变成海洋，或者一棵树。海洋和树是纯粹的，而一条鱼却不是。阿嘉你应该明白这种感觉吧？

陆彦打开了藏在树洞里的信封，反复默念这几句时，他觉得自己喜欢上阿时了。

三

陆彦和阿时是同班，在陆彦发现阿时的秘密那天下午之前，陆彦和阿时可能都没意识到对方竟然是存在的，不过阿时可能到现在也不知道，阿时什么也不知道。

在陆彦眼里，阿时是个平凡甚至沉闷无趣的人，或者说他根本不知道阿时除了面无表情以外还能有什么表情，印象当中，她从来不和别的女生一起吃饭，也不喜欢围着英俊的体育老师团团转，上课从不睡觉成绩也不好，可能因为每天画画的关系。也不像吸烟喝酒的坏孩子，但是好像沉迷在某个异次元世界里一般让人无法捉摸，也不想接近。

她就是个骑脚踏车的怪人。有一次聊天提及时，同桌对陆彦说。

也许吧。陆彦眼睛没离开怪物混战的手机屏幕，不在意地说。

四

阿嘉你相信吗，我伸出手来，竟接到一片雪花，她不融化，而是乖乖地在我手心里沉睡了。现在不是立夏吗，立夏也能下雪吗？

五

你个王八蛋，以后进家门一步，老子就打断你的腿！陆彦把门狠狠摔上的时候，还听见父亲在门里骂。显然是班主任把陆彦逃课的事报告给了千方百计想要巴结老师的父亲，一个响亮的耳光后，陆彦发誓再也不回家。

一个人骑着单车来到山丘顶上，陆彦点了一支烟，陆彦吸烟纯粹是因为这个年纪男孩子普遍的心理，觉得吞云吐雾，摆弄打火机的感觉很酷。

在使劲吸了一口却被狠狠地呛到以后，陆彦发现自己没用地红了眼眶。

操！把烟狠狠摔在地上，用力地踏了两下，吐了一口唾沫。

陆彦毫无目的地在这一片山丘上徘徊，这时候瞥见一辆熟悉的脚踏车，陆彦觉得奇怪，走上去，发现不远处一棵树下，好像是那个平时沉默的女生。

留着短发，骑单车像假小子，笑起来却也非常好看，让陆彦想起一颗糖果。

从背影看，她好像在画画，手臂轻轻摆动，头会不时抬起来把画拿起来看。迎着太阳快下山时候投射下来的暗红色光芒，少年看见阿时的背影单薄而瘦小。

有什么东西从少年心里渐渐苏醒了，在这满是燥热和沉闷的夏日午后，像水蒸气满满聚集然后上升的温热感觉。

奇怪的是这样的午后没有蝉鸣。

然后，陆彦看见女孩子递给树一封信。

六

陆彦在女孩走后，拆开了这些表面满是涂鸦的，女孩的小宇宙。

陆彦数了数那些信，一共十二封。

那么，这个奇怪的女孩是和树在恋爱吗？少年用手抚摸叶片上清晰的脉络，笑了笑说。

七

阿嘉，我现在更喜欢透过沾满雨水的玻璃窗看外面了，你喜欢吗？

八

学校走廊上，陆彦站在楼梯口，旁边人乱哄哄地来往，不安地左右张望，让陆彦觉得嗓子一阵干痒。他在这里等人。

走过来了。陆彦一个步子迈上去。好吧，尽量装作无所谓随便问问的样子。

那个，你是叫阿时吗？

……

话说出口就开始后悔，少年为自己突兀的问题而感到尴尬，脸微微泛红，站在走廊里不知所措。糟糕的是忘了自己本来要潇洒地打招呼，临时编了这句果然很冷。

少女抱着画板，眼神匆匆一瞥后从少年身边走开。

但是。

陆彦从阿时的眼睛里面看到了春秋冬，却少了夏。

还有一片干净的海洋。

九

自习课上，陆彦一直没有讲话，没有用手机玩游戏，没有威胁同桌打扑克，而是捏着一片树叶，不停地笑。

哥们你怎么了，被你爸揍了？

陆彦摇头。

加入植物保护协会，被奥巴马接见了？

陆彦摇头。

不会是……同桌瞪大了眼睛，不怀好意地凑上来一张猥琐的脸。

陆彦弹开对方的脑门，眯着眼睛，笑成一朵灿烂的花，啪的一声把那片树叶拍在桌子上，用手指向阿时的座位。

我喜欢的女生哦。

十

我看到一片树叶幻化为一整个夏季，一条鱼幻化为整个海洋。很快，我就能变成你了，阿嘉。

十一

哥们，你没搞错吧？真的是那个叫做阿时的奇怪家伙吗？你可千万别和她有什么瓜葛。

为什么？阿时很好啊。

她好像，有点问题的。她不正常，她不和别人说话是因为她……

什么？

她有神经病，真的。

陆彦独自奔跑着，那些嘈杂的话像是在空荡的走廊不停反复。渐渐放大，放大，最后成为刺耳的戏谑声。

黏稠的血液混合着浑浊的心脏跳动的声音，轰鸣的雷雨就要把时间埋没。

捂住耳朵，也能听见飞虫冲撞鼓膜的声音。

细小孱弱却能攫住心脏，让人失了魂魄。

分不清真假，但是心底微小的部分却暗暗坚守着。

十二

七年前。

阿时患有自闭症，不跟任何人说话，只画画。后来邻家搬来一家人，有个比阿时大两岁的男孩，叫阿嘉，是个开朗活泼的少年。

因为从农村来，阿嘉会钓鱼、爬树、捉萤火虫。搬来一段时间以后，阿嘉让阿时摆脱了自闭。

阿时开始说话，开始不那么害怕看别人的眼睛。

后来，阿嘉去给阿时捉萤火虫时掉进池塘，最后没能救活。

阿时在芦苇丛里坐着，等了一整个夜。

在那个极其漫长的夜晚后，阿时醒来，忘了阿嘉。

再后来，阿时想起了彼时的阿嘉。她又开始不停地画，但是此时阿时只记得阿嘉是棵树。

十三

我不相信！你们胡说！你们根本不懂阿时，你们根本不了解。

我相信你，阿时。

少年眼睛里都是眼泪，无力的争辩也会令自己感到异常的疲惫。

不想说，不想看，也不指望。

阿时只是爱上了一棵树，这并没有什么不对。

陆彦不顾一切歇斯底里地奔跑向阿时的树，他要跟阿时说一句相信。

风吹得眼睛看不清楚，但是他忽然明白了阿时为什么会喜欢，想要变成一棵树。

十四

到了。

暮色四合的山顶，白色衬衣的少年终于留下了眼泪。

因为他看见前面那棵装满心事树旁，生出了另一棵新的树。

树下画纸上，绽开着名为树的少年。

作者简介
FEIYANG

邵成潇,笔名阿鲸。狮子座,很不巧又是90后。小女生一枚,174cm 的身高羡煞许多人,体重嘛,保密。热爱夏天和甜美的西瓜君。迷恋陈柏霖的一切。伪文艺,真性情。(获第十二届新概念作文大赛一等奖,第十三届新概念作文大赛一等奖)

我们都回不去了 ◎文 / 丁威

季节的零落亦如人，岁末的青春却如秋。

秋天深了，今天下了细的雨，加之大的风，天开始显出瑟瑟的凉意。学校里高而壮的梧桐全都开始落叶，漫天飞旋的全都是枯尽的叶。这一落，便像从我身体内穿过的时光一样都回不去了。校园的喇叭说着张爱玲的小说故事，苍凉的故事被一张口说尽了苍凉，最后是男子和女子在恸哭的声音里用一句悲哀的我们都回不去了来结束故事。

我一个人站在风里听完这个故事。天是沉闷的黑，梧桐的叶仿佛是在集体奔赴一场葬礼，全都经不起时令到达的秋，也全都在有风的日子里寻求一种告别或自由。我又独自踱了很久，仿佛一直没有察觉到秋的冷清肃杀。时光即已是深秋，所有的故事都在上演，挟了秋的滋味悄且微轻地来，就像在这一刻所有的叶都无力担当疾劲的秋风，选择给自己的此生来一个灰暗的完结，叶的无力何尝不是我的无力？秋的清寒何尝不是我的清寒？我的孤独又何尝只是我的孤独？走累了就坐下来休憩，说累了就停下来休憩，哭累了就静下来休憩。

在秋里，每个人都得到他所得，每个人都失去他所失；得到的很久很久后是此生唯一可珍惜，而失去的很久很久后是此生唯一所痛惜。全因了那一瞬，手松的那一瞬，转身忙不及回首的那一瞬。许多的日子过去，在一个疲惫的秋天的来临时，那时，你还会不会想起，那些曾让你心疼的日子，而曾给最明媚笑脸的那一个，她还会不会在你心里掀起一丝微澜。时间总是残忍的东西，你坐下来，想想那些曾经，曾说过的在心里，就要一辈子，而今，我们再也记不起彼此曾经的模样。那些地老天荒的誓言，我们也只是一笑而过了，然后，再各自走入自己的没有陪伴的秋。叶落了，而后秋就开始越发的深，当秋过后，时光已丢。

每天都在回首望，恍然如梦。那些温暖过我们的青春，那些割伤过我们的年华，都在回首的一刻，安安静静地在，不言不语，甚至我们都早已忘记我们最初的样子，单纯、天真、任性、胆怯，把小小的喜欢藏起来，只是躲起来望着她，就好像她是一幅画，美妙得让人心疼。许多年少的喜欢，都是把小心思藏在心里，表情写在眼里，看见就会有光融在里面，漾皱了一波水纹。那么，许多年许多年之后呢，那些女孩子都是秋天里的叶子了，枯萎、零落，收紧我的心，欷歔或者慨叹，日子总是手掌里终要流尽的水，缅怀或者祭奠，而我们曾经在，这也许是最后的最好的告慰。一夜秋风紧。我想此刻的梧桐叶要怎样在夜风里抱紧陪伴春夏的枝丫，这一次的割舍是此生的诀别，它们知道吗？它们没有来生，它们无法回首，而我却还可以想念一些久远的错过，给此时的我彼时的告慰。

我想此生不过是一条船，载着此生航完此生。不要说谁在某处停驻，停驻的是此时的时光，也不要说谁在某天离开，离开的是彼时的时光。对于一个人，另一个人只是此刻船上的一个人，在水上，或者说在一生里，另一个人的陪伴长长短短长长，最后的最后，只剩那唯一的船客，彼此相约走完此生的漫长旅途。而那些中途下了船的，是此生的错过，流水流出我最初的样子，你们却已不在；但是，对于这条河，它的长度就可能是一个人陪伴的时光，而生命永不会在抵达后回头，所以坐上一艘船便如命运般无奈，买不到返程船票，只能走下去，沿途的风景成为生命泛黄相册里的照片，暮年的落日余晖里，那些旧日时光的影像成了我们唯一可温暖的记忆，我们曾经是怎样从郁郁青葱走进垂垂暮年，对着这些，那些疼痛或者甜蜜的瞬间，都成了老去时候的珍宝，无奈也因此有了暖意的情调。

那一刻我在落叶漫天飞的冷风里独自走，身边的人都裹紧了衣衫急急地奔。他们有他们的繁忙，我有我的无聊。我开始相信孤独是一个人内心深处强大的助推力，或者说当一个人逃离不了孤独时，就该去享受孤独。尤其是夜晚，在月光漫起来的时候，那些孤独的影子鬼魅般跳脱出来，月光成了孤独的反照，在凄清的夜色里，透过月光你看见自己许多年来的孤独模样，它有着哭泣孩子的样子。有时候，我的脑海里总是会跳出来这样一幅画面，它的名字是"黄昏里的孤独少年"。夕阳的光弱弱地打过来，在地上铺开少年单调的影子，尘土扑腾腾地扬起来，少年的脸因此显得灰扑扑，少年踢着地上的一颗生硬石子，家躲在树林的后面，炊烟升起了，可是，每个黄昏都把他的心扯得生疼。在村庄的边缘，少年的身影被暗夜淹没，如同灯光吞噬黑夜。

一叶知秋，仿佛是我们在水流里看见了另一个自己。枯萎的落叶、冰冷的石子、生怯的游鱼，属于河流的生命被我看见，我总把这些想象成我过往日子的反光，死掉的、淹没的、流动的，日子过了，就成了独立的世界，如果我愿意写下它们，它们会活成纸上的痕迹。那么，此刻呢，谁会知道我此夜的孤独，仿佛是整个秋天的叶全落进我心里，枯朽的尸体烂成沉沉的心痛。遮了泪眼，断了从前，秋风吹不尽秋寒，叶落挽不回昨天，一叶知秋天，一叶知秋天，光阴难续，夜难眠，空余琵琶声声残。

也许，有时候，我们可以不去想秋的寒意，想着丰收的满目金黄连绵在不见始终的秋的麦地，麦子的香味里混杂了故乡的气息，含蓄、温馨、醇厚，每一粒麦子都酿成一滴酒，每一株麦秸都烧成一点火。然后，想象和众兄弟在麦地里围火而歌、举杯而饮，一弯月的晕光在墨蓝的天空里流动，瘦黑的蟋蟀躲在角落里震颤，远方的风裹挟着远方，吹来少女最初的芬芳。倾泻的月光、颤动的篝火，温暖众兄弟的心。那时不要说心上的姑娘，也不要说此刻的迷茫，什么忧伤都不要说，我们只是唱歌、饮酒，找回我们失去了的旧时光……

我只是在这儿说而已，仅此而已。也许，生之于人而言无非如此，抓在手里的是此时的，而埋在心里才是彼时的。对很多人来说，回忆是更重要的，时刻提醒别忘记过去。少年怀念童年，青年怀念少年，而老年又会怀念所有的旧时光。对于过往，我们能做的也仅是依托回忆的绳索追溯，抓住它还残留在身上的每一丝余味，在白了头的岁月里独自品味，一丝一丝的潺潺心疼。这些仿佛是一种惯性的使然，闻到就会想起，触到便要生情。而每一次的想起又会在心里占据一块地方，直到刻骨铭心。

鸟儿不曾留下痕迹，但天空它已飞过。每个人的心里都有一座房子，这所房子也只能真心地住一个人。此生有太多匆匆的过客，恍如烟云，最后都要消散殆尽，只留下那唯一的一个，相伴终老。任何一座房子都有倾颓的那一天，那时，原本以为要相伴走下去的那一个头也不回地走掉，哭也无泪。这是什么样的意冷心灰，仿佛风烛残年般的无力苍老，一如零落的叶。岁月的错光阴来告慰，我们的错青春来弥补，可青春是太过珍贵的，它是无力挽回、无可告慰的，只能死掉死掉死掉，最后的鸟雀一样死掉。

那天在萧瑟的秋风里，看着漫天纷飞的枯叶，独自慢慢地走，路总是没有尽头，脚步就显得无力了，仿佛每一步都把生活最初的模样改变了，小心翼翼或者怯怯慢行，而生活只是留下仓惶的背影。有时候想自己如何会在这儿呢，那儿留着太难抚平的痕迹，你们在哪呢？我找了很久，每一个幽暗的角落，每一片跳动的阳光，每一块潮湿的呼吸，我把它们铺展在我的床头，试图找出些许熟悉，但是我没有，它们为什么都不是最初的样子了，从来都没有人告诉我，我甚至开始怀疑一切曾经是否在过，我的记忆难道成了虚假不可信的东西？！

春天隐了，夏天就会到来。在一个园子里，会看到绿是怎样在每个枝丫间变得凝而重，由淡变浓的绿意开始显出滞重，而后满园都是夏了。夏是一个繁复的季节，柳树被蝉音裹满，像在任一处都粘着连绵的蝉音。夏夜是蟋蟀、纺织娘、蛙等的喧嚣，这些夏季独特的声音构成了它的张扬和不安分。在夏的尾端，这些声音开始变得疲惫不堪，喑哑的鸣唱了一季的歌开始在结尾变得拖沓，像是卡在喉头的粘滞的异物般不适。在这种欲动的不安与惶惑里，秋以叶最后的告别仪式来临。眼看到的真实，绿开始隐褪，像一张画突然被抹去一块而显得唐突。这个结尾是小说的结尾，像看着一大段的文字在最后划上完结，突然的收尾因为不习惯而在心里起了个突兀。

然后，夏天就走了。叶，你会怎么过完另一个季节？那个季节你从不曾度过，像一个未完而不曾碰触的梦。那个秋千就空了，我坐下，夕阳在那天像一个喝醉酒的人，在压抑着沉闷的哭泣。秋千空了，秋天就来了，他们走了，秋天就凉了。其实，那天夕阳很美，没有像那天那么暖的夕阳，像一个破掉的鸡蛋，蛋黄抹满了天，随后被烘成了熟透的蟹盖色。谁在看夕阳，多少年看不尽的夕阳啊，只有一种夕阳，却落出不同人的心伤。开始在少年的时光里觉得自己疲惫得像一个不舍落下的夕阳，就像不忍吞下的最后一颗糖果，它却在手心里化掉了，就再也尝不到最后一颗糖果未破碎前的甜蜜了。

叶要走向永久，化为年年堆叠的泥土，孕育着另一个春天的希望。秋总是显出生命残败、枯烂的气息。鼻息嗅了春的清淡、萌生，嗅了夏的狂躁、葳蕤，就不习惯突袭而至散播出种种死亡气息的秋了。所以任何属于干枯、颓然的季节都适合思念以及庞大笼罩的回忆。风从四面八方吹来，坐着或者走着，脆生生风把脸颊割得生疼。其实，我一直都不明白为什么秋天是一个伤感的季节，是因为枯萎、凋零，是因为残旧、冷寂，还是因为凄清、萧索，似乎所有暗色调的词都跟秋天有了关系，秋天也是有金黄的收获、厚实的饱满、柔软的韧性的，可是，人们却只是看到了它的暗沉和死寂，那些温暖的痕迹被深深地掩埋，永远都不会有一个温存留给秋天。而我们只能在冬雪过后，来年的春天萌生出动态的活力，秋天也注定了凉意弥漫。

在秋天里，我总是会停下来回头望，而这些停下来回头望的时光，像电影散场后那个在妈妈怀里安睡的孩子一样宁谧，谁都摇不醒他，电影散场后的眼泪、嬉笑都与他无关。每次沉在回忆里就会遭遇一场来自思念的飓风，如雾般飘渺、了无重量地笼。如果你看过清冷的月圆之夜，思念就是月光流出的水浸润心的感触，那不是难过，也不是悲痛，是尖尖的针若即若离地悬在皮肤之畔，在针尖之下皮肤之上透出生硬金属的寒光，然后是抵达内心的凄然。而思念的另一面，是想起就会有青青如草般的滋味，是青青的青春的滋味，是仰望月空时不经意流在脸颊的泪，滑过鬓角，打湿了耳朵，像是耳朵刚经历了一次凉凉的哭泣，那是悲哀到完全可以牵一发而动全身的哭泣。

有过那么像纯金一般贴在天空之城生出熠熠寒光的月亮吗？也许所有的月亮的寒冽都是内心里的寒光的反照。在月光弥满的夜晚，那些思念借月亮如水般的光流溢各处皆是，心底最柔软的角落便被思念浸润。我想如果你抬头望，会觉出那些月光的水是怎样盛满心。月光倾城，心如止水，水是最柔软也是最坚硬的，那些在心里最柔软的是思念，最坚硬的是疼痛。水的发端是思念，水的流经是记忆，水的终端是疼痛，这也许是世上最奇妙虚无的水，这也许是世上最神奇普通的月光。

秋月如水。春花秋月许是很多落寞人心头的一抹痛，再美的花都要零落，再美的月也都要沉落，迟暮或昏黄，是残残败落的花，空余淡薄殆尽的残香，化作记忆里细若游丝的残痕。在我回头望去的时光，它们都仿佛凋了的花，我回不去了，那些花香渐近陌生，我想，会不会有一天即使擦肩而过也开始形如陌路呢？那天的我又会有何种表情，岁月过后的时光是否都是不忍目睹的呢？回忆怕也是吧，泛黄如纸，风吹过扬起被撕裂的音响，但声音也不再清脆，而透出古旧和叹息般的无能为力。

当一个人时，在风里独行就会很难过，那种滋味像是全天下的人只有我一个在过冬，而且这个冬是无论怎样都过不去了的。回忆来临时自己就仿佛冬天的一丝微火般寒冷，我也总以为回忆是和月亮有关的一种存在，都带有一种黄黄旧旧的色调，都蒙有一层安安静静的忧愁，也都因隔了久远而遥不可及，不同的或许仅是：月亮是空间上的思念，而回忆是时间上的思念，却都为思念而在。

在有月的晚上，所有的思念都会借回忆的翅膀飞抵过往。可回忆又仿佛是一只无足的荆棘鸟，只能在过往的天空盘旋，却永久不可沉落，所以所有的思念都染上浅浅如丝缕般的怅然；这种无奈是如月光下的芦苇荡随风摇曳般的轻柔，不深切却又挥之不去，漫天的苇絮纷飞，当风止了，所有的苇絮沉落，便满心都是苇絮般的思念了，因苇絮的了无重量而仿佛没有，似一阵风掠过而看不见风的痕迹，却还是会冷嗖嗖地觉出风的寒意。思念又仿佛两块磁铁间的空间容了若无若有的力，那个力柔柔地揭开心中曾经的伤口，这便是回忆中思念的力，似有若无却致命。

有没有那么一滴眼泪能挽回离别，化成大雨淋落在回不去的街。我走了那么远那么累，过了无数街的拐角，却还希望能在一个拐弯继续看到你们侧着头对我笑，或者，我愿意青春是一束不芬芳的塑料花，可以永远不凋零，当我回头看还依然是一束倔强开着的花。

秋天真的深成熟透的黑色了，而我却还以为捉到一只蝉就能挽留整个夏天，但再也梦不到我的时光机了，要我怎么回去呢？我转过头去看，曾经是我爱的和爱我的人，像一片片花瓣曾经鲜艳，而今你们都散了，散落在天涯。即使我固执地站在秋天里任风吹，即使冷彻心扉都不在意，却已经离开有你的季节，再也回不去了，回不去了……

而，日子完结。

（作者简介见《今日落大雨》一文）